비제이

1

백묘 판타지 장편소설

FANTASYSTORY & ADVENTURE

dream
books
드림북스

비제이(B.J) 1

초판 1쇄 인쇄 / 2010년 12월 27일
초판 2쇄 발행 / 2012년 1월 9일

지은이 / 백묘

발행인 / 오영배
편집팀장 / 신동철
책임편집 / 신동철
편집디자인 / 신경선
펴낸 곳 / (주)삼양출판사 · 드림북스

주소 / 서울특별시 강북구 송천동 322-10호
대표 전화 / 02-980-2112 팩스 / 02-983-0660
편집부 전화 / 02-980-2116 팩스 / 02-983-8201
블로그 / blog.naver.com/dreambookss

등록번호 / 제9-00046호
등록일자 / 1999년 3월 11일

값 8,000원

ISBN 978-89-542-4142-7   04810
ISBN 978-89-542-4141-0   (세트)

* 지은이와 협의하에 인지는 생략합니다.
* 잘못된 책은 구입한 곳에서 바꾸어 드립니다.

BJ

비제이

백묘 판타지 장편소설

FANTASY STORY & ADVENTURE

1

dream books
드림북스

Contents

프롤로그

트레저가 검은 아가리를 벌려 나를 삼킨다.
나는 영혼을 찾기 위해 어둠 속을 더듬는다.
손가락 끝에 걸린 해골을 보며 나는 웃는다.
차가운 어둠이 내 웃음을 연주 삼아 노래한다.
노래에 취해, 내 영혼이 소화된다.
트레저*가 나를 집어삼킨다.

트레저 : 가지고 있던 자의 사념이 남아 고유의 힘을 갖게 된 보물.

1장

보물 사냥꾼

　울창한 탑의 숲에서 갈색 두건을 깊이 눌러쓴 정체불명의 인물이 걸어 나왔다. 두건 사이로 짙은 검붉은 색 머리카락이 언뜻언뜻 보였다.

　"두 달 만인가?"

　호리호리한 체형 탓에 성별을 확인하기 힘들었지만 목소리는 분명 남자의 것이었다.

　"태양을 보는 것도 오랜만이구만. 아아, 태양과 빛의 신 아펠론이여, 간만에 태양을 본 자에게 축복을."

　남자는 하늘을 향해 고개를 쳐들고 기분 좋게 웃었다. 남자의 말에 대답이라도 하듯,

파지직!

파열음과 함께 남자의 얼굴 바로 옆에서 폭발하듯 빛이 났다.

"우와앗! 깜짝 놀랐잖아, 핑! 이렇게 갑자기 나타나면 곤란해. 간 떨어지면 어쩌려고 했어? 네가 붙여줄 거야? 응?"

"하크 헌터단이 스타비로 향하는 중이야."

폭발한 빛의 중앙에 나타난 핑은 엘프와 비슷한 외모를 가지고 있었다. 하지만 크기가 손바닥만큼 작고, 온몸에서 빛이 뿜어져 나왔다. 여덟 장의 잠자리 모양 날개는 파드닥거릴 때마다 눈부신 빛을 떨쳐냈다.

남자는 핑을 향해 손을 내밀었다.

"대충 시간을 맞췄군. 하크가 오크 링을 가지고 있는 건 확실하고?"

"응, 내가 직접 확인했어. 진품인 것 같아."

핑이 남자의 손바닥에 사뿐 내려앉았다.

"좋아!"

남자는 두건을 더 깊이 눌러썼다. 갈색 두건은 언뜻 보이던 검붉은 머리카락마저 가렸다.

탑의 숲에서 불어오는 바람에 남자가 걸친 커다란 망토가 펄럭거렸다. 남자는 핑을 자기 귓가로 옮겼고 핑은 남자의 귀에 달린 붉은 큐빗 귀걸이 안으로 스며들어 갔다.

"자아, 그럼 하크를 만나러 가볼까?"

남자는 두 달 동안 갇혀 있었던 탑의 숲을 한 번 돌아보고는 더 이상 미련이 없다는 듯 스타비를 향해 걷기 시작했다. 탑의 숲 중앙에 우뚝 서 있는 끝없는 탑이, 걸어가는 남자의 뒷모습을 내려다보고 있었다.

*　　　*　　　*

가이안 왕국 관광 도시 스타비.

가이안 왕국 북쪽에 위치한 탑의 숲은 그 끝을 알기 힘들 정도로 울창하고 넓었다. 가이안 왕국의 관광 도시 스타비와 탑의 숲은 산 하나를 경계로 마주하고 있었다.

탑의 숲에 들어갔다가 길을 잃은 사람들이 한둘이 아닌 만큼 소문도 무성했다.

숲이 모양을 바꾼다.

숲 안에 위험하고 도전적인 순종 다크엘프가 살고 있다.

사실 탑의 숲은 드래곤의 레어다.

하지만 '끝없는 탑' 만큼 소문이 무성한 곳도 없다. 수많은 트레저가 감춰져 있을 거라는 추측이 난무하지만 누구도 감히 끝없는 탑에 발을 들여놓진 못했다.

끊임없이 그 내부를 변화시키는 미지의 탑. 마스터급의 헌터들조차 끝없는 탑을 공략하지 못했다.

끝없는 탑에 들어가면 죽는다.
끝없는 탑에 들어가면 미친다.
끝없는 탑에 들어가면 사라진다.

끝없는 탑에 들어간 사람들 중, 온전한 정신으로 돌아온 사람은 하나도 없었다. 대부분 사라지고, 가끔 죽은 시체가 발견되기도 하고, 그리고 아주 드물게 살아 있지만 정신은 죽어버린 생존자가 있을 뿐이다.

내부에 대해 알려진 것이 하나도 없는 무시무시한 곳이지만 헌터들에게는 로망이었다. 때문에 끝없는 탑을 볼 수 있는 스타비는 찾아오는 헌터들로 늘 북적거렸다.

여관 '탑의 바람'은 탑의 숲과 가장 가까운 곳에 있었다. 오늘도 어김없이 찾아온 몇 무리의 헌터단이 삼삼오오 모여 탑의 숲에 대해 떠들고 있었다.

"요새 탑의 숲이 모습을 바꾸는 중이라며?"

"이거야, 원. 이번에는 숲에도 발을 못 담그고 돌아가겠구만."

"벨루디온국에 이상한 물건이 있다는데, 거기나 가볼까? 잘하면 트레저 하나쯤은 건질 수 있을지도 모르잖아."

시끄러운 헌터단 틈에 한 남자가 앉아 있었다. 갈색 두건을 푹 눌러쓴 남자였다. 아침에 들어온 남자는 누군가와 만날 약속이라도 한 건지, 조용히 앉아 맥주만 홀짝이고 있었다.

점심시간이 막 지났을 무렵, 나무문이 거칠게 열리며 또 다른 헌터단이 들어왔다. 열대여섯 명으로 구성된 헌터단이었다.

그들은 시끄럽게 들어와 빈자리를 차지하고 앉았다.

"역시 단장님은 대단하세요!"

"드디어 탑의 숲에 들어가게 됐네요! 으아, 떨린다. 떨려."

이제까지 조용히 있던 갈색 두건의 남자가 반응을 보였지만, 그건 아주 짧은 순간이었다. 갈색 두건은 다시 맥주로 관심을 돌렸다.

"이봐, 탑의 숲이 요새 모양을 바꾸고 있어. 안 들어가는 게 좋을걸?"

먼저 와 있던 헌터가 말했다. 방금 들어온 무리들이 낄낄 웃으며 그들을 쳐다봤다. 그중 수염이 덥수룩하고 왼쪽 볼에 깊은 칼자국이 나 있는 남자가 그를 쳐다봤다.

"탑의 숲이 모양을 바꾼다고 해서 내가 가는 길을 막을 수는 없지."

남자는 허세를 부리며 품 안을 뒤적여 메달 하나를 꺼냈다.

원래는 금으로 만들어졌지만 마법으로 파랗게 만든 둥근 메달에는 올리브 나무가 새겨져 있었다. 트레저 헌터 미디엄급을 나타내는 메달이었다.

"미, 미디엄 헌터?"

헌터들이 눈을 휘둥그레 떴다.

놀랄 수밖에 없었다.

트레저 헌터는 비기너, 스몰, 미디엄, 빅, 익스퍼러, 마스터로 급이 나뉜다.

트레저 하나를 길드에 등록했을 때, 비기너급의 메달을 받을 수가 있다. 하지만 비기너를 벗어나기란 쉬운 일이 아니다. 트레저라는 것이 워낙 찾기 힘든 데다가 트레저를 찾는 헌터들이 점점 늘어나고 있었기 때문이다. 마스터급의 헌터는 전세계를 통틀어 다섯 명밖에 되지 않았다.

스몰급만 돼도 대우를 받는 상황에서 미디엄급 헌터가 나타났으니 놀랄 만도 했다. 실제로 이곳에 모인 수십 명의 헌터 중에서 스몰급의 헌터는 한 명밖에 없었다.

"그래, 내가 바로 미디엄급의 하크다!"

푸른 메달을 자랑하듯 들어올린 하크가 기세등등하게 외쳤다.

갈색 두건 남자의 얼굴에 미소가 떠올랐다가 사라졌다.

"아이고! 미디엄의 하크 님을 실제로 뵙게 되다니!"

지금까지 한마디도 하지 않고 있던 갈색 두건 남자가 벌떡 일어났다. 갈색 두건 남자는 비굴해 보일 정도로 굽실대며 하크 헌터단의 테이블을 향해 걸어왔다.

"하크 님! 꼭 한번 뵙고 싶었습니다요!"

채앵!

단원들이 위협적으로 검을 뽑았다. 하지만 남자는 개의치 않고 하크의 맞은편에 서서, 두 손을 비비며 물었다.

"하크 님, 제가 트레저를 몇 개 얻게 되었는데, 감정 좀 해주실 수 있겠습니까요?"

"트레저를?"

하크의 눈이 탐욕스럽게 빛났다.

사실 탑의 숲에 들어가겠다고 말한 건 허세였다. 아무리 미디엄급이라지만, 하크가 찾은 트레저는 전부 다른 헌터에게서 빼앗은 것이었다. 하크가 직접 발굴한 트레저는 하나도 없었다.

'길드에 트레저를 마지막으로 등록한 게 1년 전이지? 이제 슬슬 트레저 하나를 등록할 때도 됐어.'

하크는 갈색 두건의 모습을 찬찬히 살폈다. 얼굴은 잘 보이지 않았고, 무장도 하지 않았다. 몸도 꽤 허약해 보이는 것이, 트레저를 빼앗을 상대로 적격이다.

하크는 욕심을 감추며 너그럽게 말했다.

"어디 한번 꺼내봐."

"네, 네."

두 손을 싹싹 비비며 하크의 대답을 기다리던 남자는, 허리춤에 매달린 가죽 주머니에서 뭔가를 꺼내 테이블 위에 올려놨다.

탁.

손톱 두 개 크기의 자그마한 구릿빛 동전.

하크는 테이블 위에 놓인 동전을 자세히 살펴봤다.

동전에는 아름다운 여자의 얼굴 옆모습이 새겨져 있었고, 여자의 얼굴 옆에 10이라는 숫자가 볼록하게 솟아 있었다. 지금은 쓰이지 않는 오래전의 동전이었다.

'뭐 이딴 걸 트레저랍시고……'

분노를 터뜨리려던 하크는 동전 구석, 여자의 목 부분에 해당하는 곳에 아주 가느다랗게 새겨진 작은 글씨를 발견했다.

'설마!'

하크는 다급히 동전을 집어 글씨를 확인했다. 동전 구석에 새겨진 링겐이라는 이름.

'이건…… 링겐의 동전?'

하크는 탄성이 터져 나오려는 걸 간신히 삼켰다.

보아하니 두건을 쓴 애송이는 이 트레저의 가치를 모르는 게 분명하다. 링겐의 동전은 부르는 게 값인 트레저다.

꿀꺽.

하크는 남몰래 침을 삼켰다.

남자는 여전히 아무것도 모르겠다는 듯 공손하게 서서 하크의 감정만을 기다렸다.

"이걸 어디서 얻었나?"

하크는 애써 침착한 목소리로 물었다.

"아이구야, 말도 마십쇼. 탑의 숲에 들어갔는데 말입니다."

"탑의 숲에 들어갔었다구?"

"네, 네. 제가 들어가려고 한 건 아니구요. 고블린들한테 쫓기다가 정신을 차려보니 탑의 숲 안이더란 말씀입니다."

'고블린한테 쫓길 정도면 형편없이 약하다는 거겠군.'

"숲을 나갈 수가 없어서 헤매다가 커다란 성을 발견했습죠."

"혹시 끝없는 탑이었나?"

"아뇨, 아뇨. 말 그대로 성이었습니다요. 엄청 크고, 엄청 높고, 엄청 아름답고……."

남자는 되지도 않는 말재주로 성의 웅대함을 표현하려고 노력했다. 하크는 남자의 말을 매몰차게 끊었다.

"아, 성은 이제 됐고. 그래서?"

"아, 예예. 배도 고프고 해서 성에 들어갔죠. 성은 또 얼마나 넓은지…… 부엌을 찾아서 돌아다니다가 커다란 서재를 발견했습니다요. 책이 빽빽하게 차 있었는데, 제가 책에는 워낙 관심이 없어서 말입니다."

하크는 점점 화가 났다. 처음에는 말이 별로 없는 놈인 줄 알았는데, 이제 보니 완전 수다쟁이다. 화를 꾹 참으며 남자를 노려봤다.

"그래서?"

"그래서 그냥 나오려는데, 서재 구석에 있는 책장 사이로 빛이 나오더라구요. 아니, 그 어두운 곳에서 빛이 나니 정말 신기하지 뭡니까. 그래서 얼른 거기로 가봤더니, 책장이 옆으로 밀어지면서 또 다른 공간이 나타나더란 말입니다. 그 안에 뭐가 있었는지 예상이 되십니까?"

'슬슬 본론인가?'

"보물이었습니다요, 보물! 금화, 은화에 보석도 잔뜩 있고! 게다가 트레저로 보이는 보물들이 많았습죠. 다 들고 나올 수가 없어서 그중에 몇 개만 가지고 나왔습니다요."

"도대체 탑의 숲에서 어떻게 벗어난 거냐? 초보자는 쉽지 않았을 텐데……."

"네? 아, 그게요."

남자는 두건 위를 긁적거리며 말했다.

"2년 동안 성 안에서 지냈습니다요. 성 안에 음식이 잔뜩 있더라구요. 그러다가 답답해져서 밖으로 나왔더니 성 바로 앞에 숲의 출구가 보이더라구요. 숲이 또 모양을 바꾸기 전에 얼른 나왔습죠."

"얼굴은 왜 그렇게 가리고 있는 건데?"

남자는 움찔하더니, 괴로운 기억을 떠올리는 것처럼 후들후들 떨며 말했다.

"그건…… 성에서 살다 보니…… 어느 날부터 피부가 조금씩 녹아내렸습니다요. 보기에 워낙 끔찍해서……."

"흐음……."

하크는 의심이 많은 성격이었다.

"어디 한번 벗어봐라."

"그, 그게…… 남들에게 보일 만한 얼굴이 아니라서……."

"한번 벗어보라구!"

"하, 하지만……."

남자가 망설이자, 뒤에 서 있던 덩치 큰 단원이 거칠게 남자의 어깨를 잡았다.

"우리 단장님이 벗으라고 하시잖아!"

덩치는 거부하는 남자의 두건을 억지로 벗겨냈다.

두건이 벗겨지고 드러난 남자의 얼굴.

"우욱!"

"웩!"

남자의 말은 거짓이 아니었다.

남자의 얼굴은 코와 입술의 경계선을 분간할 수가 없을 정도로 허물어져 있었다. 한쪽 눈은 아예 보이지도 않았고, 왼쪽 귀 부근은 아직도 진행 중인지 부글부글 끓고 있었다.

"다, 당장 다시 써!"

아무리 잔혹한 하크라지만 남자의 역겨운 얼굴은 보기 힘들었다. 남자는 울먹거리며 두건을 뒤집어썼다.

이 정도라면 거짓은 아닌 것 같다.

탑의 숲 안에 있는 성.

음식이 많고 보물도 많은 곳이지만, 탑의 숲 안에 있는 곳이니 그만큼 위험하기도 할 것이다.

"피부 녹아내린 정도로 탑의 숲에서 살아 나올 수 있다면 행운이지."

"맞아, 맞아. 그대로 사라진 놈들도 많은데 말이야."

남자의 얼굴을 본 단원들은 동정심이 생기는지 남자를 격려해주었다. 남자는 금방 어수룩하게 웃었다.

"으헤헤헤, 제가 원래 운이 좋은 편에 속하긴 하죠. 그런데…… 그 동전은 트레저가 맞나요? 구리 동전 주제에 보석함 안에 들어 있는 게 신기해서 가지고 나온 건데……."

"이거?"

하크는 동전을 테이블에 툭 던졌다. 테이블 위에서 또르르 구르던 동전이 테이블 가장자리에 멈췄다.

"안됐군, 이건 모조품이야."

"모, 모조품이라구요?"

남자가 떨리는 목소리로 물었다.

"그래, 그냥 잘 만들어진 모조품일 뿐이야. 트레저의 가치는 전혀 없어."

"하, 하지만…… 하지만 탑의 숲에서 가지고 나온 건데……."

"탑의 숲이라고 해서 진짜 트레저만 있는 줄 아나? 대부분이 모조품이나 트레저 비슷한 것만 있지, 진짜 트레저는 찾기 힘들다구."

"그, 그럼 다른 것들은…… 다른 것들도 가짜인지 감정을 좀……."

"됐어, 안 봐도 뻔해."

남자가 주머니에서 물건을 꺼내려 하자, 하크가 두 손을 휘휘 저으며 귀찮다는 듯 말했다.

"하나가 가짜면 그 근처에 있었던 것들도 다 가짜지, 뭐. 가짜를 감정해봐야 눈만 아파."

"그, 그런……!"

남자는 한참 동안 멍하니 서 있었고, 단원들은 불쌍한 남자에게 동정의 시선을 건넸다. 남자는 곧 비틀거리며 걸음을 옮겼다. 모조품인 동전은 버려둔 채였다.

"이거 안 가져가?"

덩치 큰 단원의 말에 남자가 고개를 저었다.

"어차피 값어치도 없는 거…… 가져가서 뭘 하겠습니까요. 흐……윽……."

"어디로 갈 건데?"

"가족들이…… 수도에 있어서요. 수도로 가야겠지요."

"그래? 가족이 많이 보고 싶겠군."

"딸년이 하나 있거든요. 2년이나 지났으니…… 벌써 열여섯 살이 됐겠네요. 가족을 다시 볼 수 있는 것만으로도 감사해야죠."

"뭐, 조심해서 가라구."

"네, 네."

문을 닫고 나가는 갈색 두건 남자의 입가에 싸늘한 미소가
맺혔다.

타악.

문이 닫히고 나서도 하크는 한동안 움직이지 않았다. 남자
가 충분히 멀어진 후에야 하크는 다급히 동전을 챙기고 일어
났다.

"나가자!"

"네? 하지만 단장님, 아직 맥주도 한 잔 못 마셨는데."

"지금 맥주가 문제가 아냐! 얼른 따라나와!"

하크는 마음이 조급했다.

갈색 두건의 트레저에 대해 다른 헌터들이 알기 전에 선수를
쳐야 했다. 지금 이 여관에 있는 다른 헌터들도 탑의 숲에 다
녀온 갈색 두건을 눈여겨보고 있을 게 틀림없었다.

단원들은 투덜거리면서도 하크의 뒤를 따라나왔다. 하크는
빠르게 걸음을 옮기며 동전에 대해 설명했다.

"이건 말이지, 이 자식들아! 그 유명한 링겐의 동전이란 말
이다, 링겐의 동전!"

"리, 링겐의 동전이요?"

단원들 대부분이 처음 듣는다는 표정이었지만, 개중에 몇
명은 들어본 적 있는지 탄성을 질렀다.

"단장, 링겐의 동전이 뭔데요?"

덩치 큰 단원이 물었다. 하크는 귀찮다는 듯 부단장인 빌에게 눈짓을 했다. 빌이 설명을 시작했다.

"링겐은 400년 전에 하모크 지방에 살았던 대갑부의 이름이지. 귀족은 아니고 그냥 상인이었는데 사업 수단이 좋았던 모양이다. 링겐에게 유일한 취미가 동전 수집이었는데, 자기가 모은 동전에는 늘 자기 이름을 새겨놨지.

링겐이 죽은 후에 재산을 아들이 물려받았어. 아들은 동전 수집 취미가 없었기 때문에 자기의 가난한 사촌 중의 한 명에게 동전들을 줘버렸지. 그런데 웃기는 게 뭔지 알아?

그 가난한 사촌이 갑자기 떼부자가 됐다는 거야. 뭘 하든 자꾸 돈이 쌓인 거지. 다들 사촌에게 운이 트인 거라고 했는데, 유일하게 그걸 이상하게 생각했던 몰락한 귀족 한 명이 남은 재산을 다 털어서 동전을 샀어. 그리고 어떻게 됐게?"

빌은 바보 같은 얼굴로 자기를 쳐다보는 단원들을 한 명, 한 명 쳐다보고는 말을 이었다.

"사촌 놈은 일주일도 되지 않아서 전보다 더한 거렁뱅이가 됐고, 그 동전을 산 귀족 놈은 순식간에 부자가 됐어. 그 후로 링겐의 동전에 부유의 힘이 담겨 있다는 걸 알게 된 사람들이 동전을 훔치기 시작했고, 계속되는 도둑질 때문에 대부분이 사라져서 현재는 링겐의 동전 소유자가 아무도 없다고 알려져 있어. 뭐, 어쩌면 몇 명쯤은 가지고 있으면서도 모르는 척하는 것일 수도 있지만 말이야."

소유자를 부유하게 만들어주는 동전. 단원들은 상상만 해도 즐겁다는 듯 군침을 삼켰다.

어느새 스타비 숲 앞에 당도했다.

스타비에서 가이안 왕국의 수도 조이스 타운으로 가는 방법은 여러 가지가 있다.

하나는 래비 강의 뱃길을 이용하는 방법.

스타비가 상류에 있고, 조이스 타운이 하류에 있기 때문에 뱃길을 이용하는 방법이 가장 쉬웠다. 하지만 가장 쉽고 빠른만큼 가격이 비쌌다.

두 번째는 숲을 가로지르는 방법.

스타비와 조이스 타운 사이에는 거대한 숲이 있었다. 아마 탑의 숲에서 분화된 숲인 것 같다. 탑의 숲에서만 발견되는 기이한 종의 나무가 몇 그루 존재하고 있기 때문이다.

다행인 점은 이 숲은 탑의 숲처럼 변화하지 않는다는 것이다. 이 숲을 가로질러 가면 뱃길만큼이나 빠르게 조이스 타운으로 갈 수 있다. 하지만 탑의 숲에서 분화되었다는 이유로, 지레 겁을 먹은 사람들은 이 숲을 가로지를 생각을 하지 않았다.

혹시라도 탑의 숲의 영향을 받아 이 숲도 모습을 바꿔, 그 안에서 평생 길을 잃고 헤매게 될지도 모른다는 두려움 때문이었다.

세 번째는 숲의 가장자리를 빙 돌아, 잘 닦아놓은 통행로를 이용하는 방법.

스타비를 찾는 사람들이 많아지자 가이안 왕국은 대대적인 도로 공사를 벌였다. 조이스 타운에서부터 스타비의 성문까지 반듯하게 길을 닦아놓은 것이다.

　게다가 중간 중간에 경비초소를 세워놨다. 덕분에 몬스터나 산적들이 통행인을 쉽게 습격할 수가 없었다. 마음 편하게 오갈 수 있는 스타비-조이스 도로는 가이안 왕국의 명물이었다.

　"가자."

　하크는 세 가지 길 중에 스타비 숲을 택했다. 갈색 두건은 이 숲으로 간 게 틀림없다.

　'놈은 돈이 없어 보였어. 배를 타진 못했을 거야. 스타비-조이스 도로는 편하긴 해도 너무 오래 걸려. 놈은 가족을 빨리 보고 싶어 했고, 게다가 탑의 숲에서 빠져나온 전력도 있지. 분명 숲을 우습게 보고, 이 길을 택했을 거야.'

　하크의 예상은 틀리지 않았다.

　하크 헌터단은 보지 못했지만, 갈색 두건은 스타비 숲 나무 중 가장 높은 나무 꼭대기에 서서 하크 헌터단이 다가오는 걸 지켜보고 있었다.

　갈색 두건은 한 명, 하크 헌터단은 열다섯 명이었다. 하지만 갈색 두건의 얼굴에서 두려움이나 동요는 찾아볼 수 없었다.

　"어서 오라구, 하크. 널 기다리느라 예정에도 없던 탑의 숲에서 두 달이나 머물렀거든. 더 이상 날 기다리게 하지 마."

　갈색 두건은 두꺼운 나뭇가지에 여유 있게 걸터앉아 다리를 흔들며 하크를 기다렸다.

숲은 높고 울창한 나무들 때문에 빛이 잘 들어오지 않았다. 커다란 나뭇잎 사이로 간간이 들어오는 빛에 의지해 가까스로 남자의 흔적을 찾아냈다.

"이것 봐라! 발자국이다! 새로 생긴 발자국인 걸 보니 놈이 여기를 지나간 게 틀림없어."

"이제 곧 해가 질 겁니다, 단장님. 해가 지면 흔적을 찾기 힘들 거예요."

"어이구야! 이거 하크 님 아니십니까? 뭘 그렇게 찾고 계십니까요?"

그때 남자의 목소리가 들려왔다. 하크 헌터단은 동시에 뒤를 돌아봤다. 하지만 남자의 모습은 찾을 수가 없었다.

"이런, 이런. 설마 미천한 저를 찾아오신 건 아니겠지요?"

"어, 어디냐!"

"무기까지 들고 계시니…… 이거야, 무서워서 모습을 드러낼 수나 있겠습니까?"

"이, 이건 숲에 들어오느라 꺼낸 것뿐이야. 위험한 숲이니까. 도대체 어디에 있는 거냐? 엉?"

"여깁니다."

"여기가 어딘데?"

"여어기이."

놀리는 듯한 말투에 하크의 험상궂은 얼굴이 붉게 달아올랐다. 하크는 기다란 메이스를 움켜쥐었다.

"더 이상 날 화나게 하지 마라."

"하하하하하, 그게 무슨 말씀입니까요. 하크 님을 화나게 하다니…… 제가 그런 무시무시한 짓을 하겠습니까?"

"다, 단장님."

빌이 하크의 어깨를 살짝 두드렸다.

"윕니다."

"뭐?"

"위에서 나는 소리예요."

하크가 고개를 번쩍 들었다. 하지만 빼곡한 나뭇가지와 나뭇잎 때문에 아무것도 보이지 않았다.

"하크 헌터단 단장, 하크. 스물두 살의 나이에 친구를 죽여서 뺏은 트레저 두 개를 길드에 등록, 비기너가 된 후로도 주위 사람들의 트레저를 강탈하여 미디엄 메달까지 습득. 혼자 다니는 헌터를 습격하며, 욕심이 많아 트레저를 보면 일반인이라도 죽이고 빼앗는 비열한 개자식."

갑자기 들려오는 자신의 신상 공개에 하크가 눈을 부릅떴다.

친구를 죽여서 트레저를 뺏었다는 것은 하크 자신만 아는 사실이었다. 무덤까지 가지고 갈 비밀.

'어떻게 아는 거지? 도대체 놈의 정체는 뭐지?'

단원들은 처음 듣는 단장에 대한 정보에 당황해 하크를 쳐다봤다. 하크가 버럭 성질을 냈다.

"뭘 봐, 이 자식들아! 저 자식이 하는 말이 진짜일 것 같아? 우리를 교란시키려고 저러는 거라구!"

"다, 단장……."

"빌어먹을! 너, 이 자식! 날 속인 거냐? 이 개새끼! 어디에 있냐? 남자라면 남자답게 모습을 보여!"

"예이! 그렇지요!"

바스락.

나뭇잎이 움직였다.

"거기냐!"

덩치 큰 단원이 부스럭거린 곳을 향해 단도를 던졌다.

퍼석!

단도가 박히는 소리. 남자가 떨어지는 일만 남았다. 하지만 남자는 떨어지지 않았다.

"이런, 위험하잖습니까."

유난히 굵은 나뭇가지 위로 남자의 모습이 나타났다. 남자는 가지 위에 여유 있게 서서, 망토에 박힌 단검을 빼냈다. 그리고 덩치 큰 단원만큼이나 능숙하게 단검을 휘휘 돌렸다.

"이런 건 말입니다."

남자가 두건을 벗었다. 끔찍한 얼굴이 드러났다.

"던지는 데 쓰는 게 아니란 말입니다."

남자는 잘 벼린 단검을 부글부글 끓고 있는 피부로 가져갔다. 단검 끝이 피부 안으로 푹 들어갔고, 부글거리던 곳에서 끈적거리는 액체가 흘러나왔다.

역겨운 모양새에 단원들이 인상을 찌푸렸다.

남자는 그대로 단검을 쭉 내려그었다. 귀 옆에서 턱에 이르는 곳까지 가느다란 홈이 파였다. 남자는 그 홈에 후벼 파는 듯 손가락을 걸어 쭉 뜯어냈다.

찌지지직.

불쾌한 소리와 함께 피부가 벗겨졌다.

그리고 남자의 진짜 얼굴이 드러났다.

자칫 잘못하면 여자로 착각할 만큼 고운 선을 가진 남자의 피부에는 상처 하나 없었다. 가려져 있던 눈동자는 남자의 머리카락과 똑같은 검붉은 색이었고, 아무리 많게 봐도 열대여섯 살의 소년으로밖에 안 보였다. 소년은 눈가를 살짝 덮은 머리카락을 뒤로 쓸어 넘기며 하크를 향해 미소를 지었다.

하크의 눈이 살의로 번들거렸다. 저런 어린놈에게 속을 줄이야.

"너, 너…… 넌 누구냐?"

분노로 목소리가 떨렸다. 소년은 피식 웃으며 무한 마법이 걸려 있는 가죽 주머니에서 커다란 하프를 꺼냈다. 가장자리가 하늘색으로 빛나는 아름다운 하프였다.

하프를 본 하크의 눈이 커졌다.

'저, 저건……'

"나의 정체 말입니까?"

소년이 하프의 현에 손가락을 걸쳤다.

"지나가던 음유시인이올시다."

"다들 귀를 막아!"

그와 동시에 하크가 외쳤다. 단원들이 어리둥절한 눈으로 하크를 쳐다봤다. 하크는 귀를 막으며 다급하게 외쳤다.

"저, 저건 세이렌의 하프다! 저 소리를 들으면 안 돼!"

그제야 단원들은 엉거주춤하게 서서 귀를 막기 시작했다. 귀를 막느라 단원들의 자세가 흐트러졌다. 완벽한 공격 자세도, 방어 자세도 아닌 어정쩡한 모습이 된 걸 보며 소년은 씩 웃었다.

휙!

그다음에 일어난 일은 하크도 예상치 못한 일이었다.

소년은 나뭇가지에서 하크의 앞으로 가볍게 뛰어내리며 푸른 하프를 크게 휘둘렀다.

퍽!

하크는 귀를 막느라 방어할 틈이 없었고, 단단한 하프는 그대로 하크의 머리통을 후려쳤다. 갑작스러운 타격에 하크가 비틀거렸다.

'하프로 때려? 설마 이 녀석…… 트레저를 사용할 줄 모르는 건가?'

헌터가 귀한 대우를 받는 이유 중의 또 다른 하나는, 트레저를 다루는 능력 때문이었다. 트레저에 담긴 근원자의 강력한 사념을 다룰 줄 모른다면 트레저는 아무 힘없는 물건에 불과했다.

간혹 다루지 않아도 사용 방법만 안다면 작동하는 트레저가 있기도 하다. 링겐의 동전 같은 트레저가 바로 사용법만 알면 움직이는 트레저다.

하지만 대부분의 트레저는 그것을 다루는 재능이 있어야 했다. 그 재능은 노력한다고 해서 생기는 게 아니었다. 태어날 때부터 가진 능력이 있어야 했다. 기본 능력이 없으면 아무리 노력을 해도 트레저를 다룰 수가 없다.

비기너 헌터는 트레저만 몇 개 등록하면 아무나 될 수 있지만, 비기너에서 스몰로 올라가려면 트레저의 힘을 최소한 5퍼센트 이상은 끌어낼 수 있어야 한다.

5퍼센트라면 너무 작은 힘이라고 생각할 수도 있다. 하지만 마법조차도 트레저로부터 시작된 5퍼센트의 힘에 아무 영향을 미칠 수 없다는 것을 생각하면, 트레저가 가진 5퍼센트의 힘이란 상당히 대단한 힘이다.

어쨌든, 저 애송이가 트레저를 사용할 줄 모른다면 트레저의 가치도 없어진다.

하크는 귀에서 손을 떼고 메이스를 들어올렸다. 하지만 소년이 더 빨랐다. 소년은 하크의 머리통을 한 대 때리자마자 다시 땅을 박차 올랐다.

엄청난 점프력.

소년은 날개라도 달린 것처럼 공기를 가르고 아까 서 있던 나뭇가지 위에 착지했다.

단원들은 단장인 하크가 귀에서 손을 떼고 무기를 잡자, 위험이 없다고 판단하고 다들 하크와 똑같이 공격 자세에 들어갔다.

"너, 이 새끼! 감히 나에게 도전을 해? 오늘 네놈의 목을 뜯어 이 숲에 던져주마!"

하크가 이를 으드득 갈며 활을 잘 쏘는 단원 하나에게 눈짓을 했다. 단원은 기다렸다는 듯 활시위를 당겼다.

소년이 기다린 것은 바로 이 순간이었다.

디리리리링.

소년의 긴 손가락이 하프의 현을 섬세하게 퉁겼다. 우아하고도 아름다운 선율이 숲의 공기와 공명했다. 선율은 공기를 타고 하크 헌터단의 귓가에 접근했다. 아무것도 거칠 것 없이 귓속에 파고든 음악이 헌터단의 뇌를 사로잡았다.

디리리링.

소년의 연주는 능숙했다.

그리고 곧 놀라운 일이 벌어졌다.

소년에게 활을 쏘려던 단원이 활시위를 당긴 자세 그대로 굳어버렸다. 다른 단원들도 하크도 상황은 다를 게 없었다. 분노한 모습 그대로 살아 있는 돌처럼 굳어 소년이 있는 곳을 쳐다보고 있었다.

이제는 빛이 떨어져 어두운 숲의 중앙에서, 움직임 없이 한 곳만 응시하는 그들의 모습은 기괴하기까지 했다.

소년은 계속 연주를 했다. 눈을 감고 노래까지 불렀다.

하크, 하크,

친구를 죽여 헌터가 된 하크,

가는 길마다 사람을 베어 죽여,

트레저를 가졌으면 목을 베자, 쏙싹,

하크, 하크,

미디엄이 된 하크,

지나가던 잘생긴 음유시인에게 걸려,

빈털터리가 됐다, 으챠으챠

자신의 노래에 취한 듯 미소까지 짓는 소년의 모습 또한 기괴하기는 마찬가지였다. 나뭇가지 사이로 부서지는 달빛이 소년을 비추었다.

파사악.

아름다운 소리를 내던 하프의 끄트머리에 균열이 생겼다. 하프의 소리 역시 조금씩 갈라지기 시작했다.

"흐음."

소년은 연주를 멈추고 부서지려는 하프의 끝을 살펴봤다.

"역시 모조품은 여기까지인가?"

하크 헌터단은 아직도 움직이지 못하고 있었다.

"뭐, 모조품으로 이만한 능력을 냈으면 된 거지. 자아, 이제 슬슬 털어볼까나?"

탁.

소년이 땅으로 가볍게 내려와 하크의 호주머니를 뒤졌다. 호주머니 안에는 아까 소년이 버리고 간 링겐의 동전이 있었다. 소년은 손가락으로 동전을 튕겼다가 다시 받아 자신의 가죽 주머니 안에 넣었다.

"자, 일단 이건 내가 찾은 거니까 내 거. 그리고……."

소년은 계속해서 하크의 몸을 뒤졌다. 하크는 욕심이 많은 만큼 의심도 많았다. 자기가 찾은 트레저는 반드시 자기가 가지고 다녔다.

"뭐야! 마법이 걸려 있잖아!"

하크가 메고 있는 가죽 가방을 열려고 애쓰던 소년이 인상을 찌푸렸다.

"에이, 씨."

소년은 보는 사람이 없나 주위를 두리번거린 후, 가죽 가방에 달린 자물쇠에 손가락을 살짝 올렸다.

"오픈."

찰칵.

낮은 주문이 흘러나오자마자 굳게 맞물려 있던 자물쇠가 열렸다.

"자, 어디 보자."

하크의 가방 안에는 잡다한 것이 많이 들어 있었다. 소년은
쓸데없는 걸 다 꺼내고 난 후, 가장 안쪽에 들어 있는 작은 상
자를 꺼냈다. 검은색의 투박한 상자였다.

"이건 내가 갖고 싶었던 거니까, 이것도 내 거."

소년은 씩 웃으며 상자를 열었다. 상자 안에는 '오크 링'이
들어 있었다.

구리로 만든 멋없는 반지 '오크 링.'

손가락에 끼면 사용자의 근육을 10분 정도 강화시켜 어마어
마한 힘을 내게 해주는 트레저.

하크가 오크를 한 방에 날려버릴 수 있었던 건 아마 이 오크
링 덕분일 것이다.

"핑."

소년이 귀걸이를 톡톡 치자, 파지직 공기가 찢기는 소리와
함께 핑이 나타났다. 핑은 날개를 파득거리며 소년의 어깨에
앉았다.

"비제이, 오크 링 훔쳤네?"

비제이(B.J)라고 불린 소년이 씩 웃으며 말했다.

"훔친 게 아니라 선물 받은 거라고 해줘."

"도둑 놈."

핑은 거침없이 비제이를 비난했다.

"아무튼 난 조이스 타운으로 갈 거야. 레이한테 조이스 타운에서 보자고 좀 전해줘."

"알겠어, 비제이. 행운을 빌어."

파지직.

핑이 사라졌다.

이제 찾아낼 건 다 찾아냈다.

비제이는 오크 링을 가죽 주머니에 넣고, 아직도 넋이 나가 있는 하크 헌터단을 바닥에 눕혀 데굴데굴 굴렸다.

헌터단을 한 곳에 모은 비제이는 주머니 안에서 작은 그물을 꺼냈다. 그물은 공중에 한 번 휘두를 때마다 두 배로 넓어졌다.

비제이는 그물이 하크 헌터단을 전부 묶어둘 수 있을 만큼 흔든 후, 헌터단에게 덮었다. 그물은 살아 있는 것처럼 점점 오그라들어 하크 헌터단을 꽉 죄었다.

"모조품이긴 하지만 후딘이 만든 거니까 내가 조이스 타운에 도착할 때까지는 힘을 발휘해주겠지. 레이가 도착하기 전에 조이스 타운에 먼저 가야 돼. 레이는 맥주를 못 마시게 하니까. 제길, 나도 내년이면 성인이라구!"

비제이는 투덜거리며 숲을 가로질러 걸어가기 시작했다. 숲을 점령한 끈적이는 어둠조차 비제이의 경쾌한 걸음을 더디게 할 수는 없었다.

2장

———

연쇄 살인

비제이가 한창 숲을 가로질러 가고 있을 때, 하크 헌터단은 여전히 그물에서 빠져나오지 못했다. 그물이 워낙 꽉 옥죄고 있어서 몸을 제대로 움직일 수 없었다. 당연히 검을 휘두를 수 없으니, 그물을 끊어낼 방법이 없었다.

각자 무기를 꺼내들고 그물을 베어봤지만, 그물은 끊어지지 않았다.

"빌어먹을! 도대체 이 쌍노무 그물은 뭐로 만들었기에 이렇게 질겨?"

"이 그물도 트레저 같은데요."

"이딴 트레저가 있다는 소리는 들어보지도 못했다구!"

"하지만…… 트레저는 알려지지 않은 게 더 많으니까요."

"제기랄! 그 새끼, 만나기만 해봐! 뼈까지 갈아서 오크들에게 던져주고 말 테다!"

단원들은 한숨을 쉬었다. 그 새끼를 만나서 뼈를 갈기 전에, 이 그물에서 빠져나가는 게 더 시급하다. 이대로 있다가는 굶어 죽거나, 이 숲 어딘가에 있는 몬스터들에게 공격을 받을지도 몰랐다.

저벅, 저벅.

나무 그림자 사이에서 인기척이 났다.

"다, 단장님. 누가 오는 것 같은데요?"

빌이 아직까지 흥분해서 날뛰는 하크에게 말했다. 하크는 불편한 몸을 비틀며 어둠 속을 노려봤다.

"몬스터인가?"

"그, 글쎄요. 소리로 봐서는…… 한 명인 것 같은데……."

"이, 인간이겠지?"

"그러기를 바라야죠."

다행히 모습을 드러낸 건 인간이었다. 남자는 평범한 천 옷에 챙이 넓은 모자를 쓰고 있었다. 무기는 가지지 않은 걸로 보였다.

헌터단의 얼굴에 화색이 돌았다. 사람이 잘 다니지 않는 이 넓은 숲에서 누군가를 만나다니.

"아아, 아티멘께 영광을."

독실한 아티멘교 신자인 단원 하나가 중얼거렸다. 단원의 중얼거림을 들은 남자의 표정이 굳어졌다.

"이, 이보시오. 우리 좀 구해주시오."

하크가 비굴한 목소리를 내며 말했다. 일단 그물에서 풀려날 때까지는 저 남자에게 잘 보여야 한다.

남자는 그물 앞으로 다가왔다.

그물의 아래쪽에 눕혀진 채로 있어서 남자의 얼굴을 들여다볼 수 있었던 빌은, 남자의 눈을 보자 섬뜩함을 느꼈다. 남자의 눈은 깊이를 알 수 없을 정도로 공허했다.

숲의 어둠조차도 집어삼킬 듯 공허한 눈동자.

"우리는 하크 헌터단이오. 내가 바로 미디엄의 하크고. 들어본 적은 있겠지?"

"……."

"숲을 지나가다가 도적놈에게 속아서 이 꼴이 됐소이다. 도와주신다면 반드시 사례를 하겠소."

"……."

빌은 하크의 입을 틀어막고 싶은 충동에 시달렸다. 이 남자는 위험하다.

"이보시오? 왜 대답이 없소이까?"

"오크 링을 가지고 있나?"

남자가 낮게 울리는 음성으로 물었다. 하크가 움찔했다.

"그, 그 도적놈이 가져갔소이다."

"어떤 놈이지?"

"검붉은 머리를 가진 어린놈인데, 지놈이 음유시인이라고 하더이다."

"한 발 늦었군."

남자가 인상을 찌푸리며 몸을 돌렸다. 남자가 그냥 가려고 하자 하크가 다급하게 외쳤다.

"이, 이보시오! 우리, 우리를 그냥 내버려두고 가는 거요? 이것만 풀어주면…… 풀어주면 반드시 오크 링을 되찾아서 당신에게 주겠소! 나, 미디엄의 하크란 말이오!"

하크의 말을 들은 남자의 입술에 냉기가 서렸다.

"네놈이 그 녀석에게서 트레저를 뺏을 수 있을 것 같은가?"

"다, 당연한 거 아니오? 그래 봐야 어린 애송이일 뿐이오!"

"그래서 이 꼴이 된 모양이지?"

"으익!"

남자의 빈정거림에 하크의 인내심도 끊어졌다.

"야, 이 자식아! 당장 이 그물을 끊지 못해?"

"다, 단장님!"

빌이 당황해서 하크를 진정시키려 했다. 하지만 늦었다. 남자는 다시 몸을 돌려 그물로 다가왔다. 빌은 공허한 눈동자에 담긴 살의를 발견했다. 온몸에 소름이 돋았다.

남자는 품에서 단검을 꺼냈다.

칼날이 묘하게 구부러진 대거였는데, 전체적으로 전갈의 모양을 하고 있었다. 전갈의 꼬리에 해당하는 칼날은 피가 묻은 것처럼 붉은색이었다.

"좋아, 끊어주지. 단……."

푹!

그 일은 신음을 토하기도 전에 일어났다.

남자의 단검이 아까 아티멘을 부르던 단원의 어깨에 박혔다.

"나의 노예가 된 후에 말이야."

"지, 지금 이게 뭐하는 짓……!"

남자의 움직임은 눈으로 좇을 수 없을 만큼 빨랐다. 단원들은 좁은 그물 안에 엉망으로 뒤엉켜 있었는데도, 남자는 정확하게 단원들의 어깨를 찾아내 깊이 찔렀다.

하크는 불에 타는 통증을 느끼며 비명을 질렀다.

"으아아아아! 이 자식아!"

고통보다는 분노 때문에 지른 외침이었다.

하크의 복수가 두렵지도 않은지, 남자는 하크 헌터단을 죽이지 않았다. 단지 한 번씩 칼침을 박아 넣었을 뿐이다. 어깨에 입은 상처 정도로는 치명상이 되지 않는다.

"기다리고 있겠다."

남자가 그물의 한 부분을 쫙 내리그었다.

후두둑.

어떤 방법을 써도 끊어지지 않던 그물이 한 번에 끊어졌다. 오랫동안 불편한 자세로 갇혀 있던 하크 헌터단은 그물에서 풀려났어도 움직일 수가 없었다.

갑자기 몸이 편해지자 경직되었던 근육이 발작을 일으켰다. 몇 명은 쥐가 난 다리를 감싸 안고 신음을 흘렸다.

남자가 몸을 돌렸다.

"날 찾아와라."

"기다리긴……."

가장 먼저 근육을 사용할 수 있게 된 하크가 분노로 눈을 번뜩이며 일어났다.

"뭘 기다려? 내가 지금 당장 네놈을…… 윽!"

비틀.

이상한 일이 벌어졌다.

피를 많이 흘린 것도 아닌데 다리에 힘이 풀렸다. 시야가 뿌옇게 흐려지기 시작했다. 심장이 폭발할 것처럼 뛰었다. 유황불에 떨어진 것처럼 온몸이 뜨겁게 달궈졌다.

하크는 심장 부근을 부여잡고 어떻게든 버티려고 노력했다.

"으아아아아악!"

가장 먼저 찔렸던 단원 하나가 끔찍한 비명을 지르며 데굴데굴 굴렀다. 비명소리가 점점 늘어났다. 단원들의 눈에서 피가 흐르기 시작했다. 단원들이 미치광이처럼 옷을 잡아 뜯었다.

"으, 으, 으아아아아악!"

결국은 하크도 무너졌다. 바닥에 쓰러지며 하크는 이상한 걸 발견했다.

막 옷을 뜯어서 벗은 빌의 어깨에 붉은 전갈의 문양이 새겨져 있었다. 전갈은 생명을 가진 것처럼 꼬리를 파득거렸다.

'이상하다? 빌 녀석은 문신 같은 걸 새긴 적 없는데……'

그것이 인간 하크의 마지막 생각이었다.

* * *

비제이는 숲을 가로지르는 지름길을 택했지만, 조이스 타운 관문에 닿기까지는 일주일이나 걸렸다. 관문 근처는 스타비-조이스 도로를 이용하려는 관광객들로 붐볐다. 숲을 나와 관문으로 향하는 짧은 시간에도 몇 대의 마차와 몇 마리의 말이 스쳐 지나갔다.

"백만 년 만에 오는 것 같네."

그때였다.

파지직!

"우와악! 핑! 너 진짜, 날 간 없는 인간으로 만들 셈이야?"

"레이의 전언이야. 홍수가 났대."

"홍수? 키리반 왕국에?"

키리반 왕국은 비제이의 고향이었다. 핑이 파드닥거리며 비제이의 머리 주위를 날아다녔다.

"응, 아무래도 트레저로 한 짓인 것 같대. 그 일을 해결하는 대로 오겠다고 했어."

"헤에, 그럼 내가 키리반으로 가는 게 더 빠르겠는데? 어차피 여기선 더 이상 할 것도 없고."

"정말? 정말? 그럼 지금 돌아가는 거야?"

"아니, 일단 맥주 좀 마시고."

"우잉, 얼른 돌아가고 싶어."

"왜? 숨겨둔 애인 정령이라도 있냐?"

"후딘을 보고 싶어. 후딘이랑 있으면 마음이 편해."

"나랑 같이 있으면 안 편하고?"

"비제이는 바보에 사기꾼이잖아. 정령한테는 최악이야."

"그거 참 고맙군. 들어가 있어, 인마."

"비제이, 사기꾼, 나쁜 놈."

"이 자식이!"

핑은 정신없이 날아다니며 귀걸이로 들어가지 않으려고 했다. 비제이는 열심히 핑을 잡으려고 펄쩍펄쩍 뛰었다.

평범한 사람의 눈에는 잘 보이지 않는 정령이기 때문에, 도로를 지나가던 사람들은 미치광이라도 마주한 것처럼 질색을 하며 비제이를 피했다.

"아참, 비제이. 하나 더 전할 게 있어."

"뭔데?"

"하크 헌터단이 실종됐대."

"뭐?"

비제이가 움직임을 멈췄다.

"찢어진 옷만 남기고 사라졌대."

붉은 기사라고 불리는 레이는 키리반 왕국의 정보부에서 일하고 있었다. 레이의 정보라면 믿을 만했다. 아무도 모르는 하크의 과거에 대해서 알려준 것도 레이였으니까.

"레이가 비제이가 한 짓이냐고 물어서 아니라고 했어. 비제이는 그물로 잡아놓기만 했잖아."

"응, 그렇지. 이건 아마 그 녀석이 한 짓이겠지."

열 명이 넘는 헌터단의 실종, 게다가 남겨진 건 찢긴 옷뿐.

그런 짓을 할 인물은 단 한 사람밖에 없다.

"타이진."

그의 이름을 부르자, 반응이라도 하듯 어깨가 욱신욱신 쑤셔왔다. 핑은 안됐다는 듯 비제이를 응시했다. 슬픈 표정으로 서 있던 비제이가 갑자기 핑을 향해 손을 뻗었다.

"잡았다!"

"앗! 치사해, 비제이. 비제이는 역시 사기꾼이야!"

"맞아, 난 치사한 사기꾼이야. 그러니까 시끄럽게 굴지 말고 들어가서 잠이나 주무셔."

"싫어! 나도 맥주를 마시고 싶단 말이야!"

"정령 주제에 맥주는 무슨, 잠이나 자! 이 타락 정령아."

비제이는 바동거리는 핑을 그대로 귀걸이에 넣어버렸다.

관문 앞은 통과를 기다리는 사람들로 인산인해를 이루고 있었다. 조이스 타운은 관광 도시이기 때문에 관문으로 들어가는 절차가 어렵지 않다. 그런데 오늘은 경비병들이 날을 바짝 세우고 통행증을 검사하고 있었다.

"에이, 시펄! 평소에는 검사도 안 하더니."

"살인 사건이 있었다잖아요."

"제기랄, 이 먼 길을 언제 다시 돌아가나."

귀찮아서, 혹은 돈을 아끼려고 통행증을 사오지 않은 사람들은 욕설을 내뱉으며 통행증을 받으러 자기 마을로 돌아가야 했다.

각 마을에 있는 관청에서 가고자 하는 도시의 통행증을 사야만 그 도시의 관문을 통과할 수가 있다. 다른 나라의 도시에 가려면 자기 나라의 수도까지 가서 그 도시의 통행증을 끊어야 한다.

귀찮은 절차였다. 하지만 혹시라도 위험한 범죄자나 지명 수배자가 들어오는 걸 방지하기 위한 대책으로 전 나라에서 시행되고 있는 법이었다.

통행증을 판매한 수익금은 통행증을 발행해준 각 도시로 분배되었다.

조이스 타운은 통행증 검사를 잘 하지 않는다. 굳이 통행증을 팔지 않아도, 찾아오는 관광객이 워낙 많아서 돈을 벌어들일 수 있기 때문이다. 오히려 통행증을 사지 않아도 되기 때문에 관광객이 더 늘어났다.

그런 조이스 타운에서 관광객을 마다할 정도로 통행증 검사를 한다면, 무슨 큰일이 벌어지고 있는 게 틀림없었다.

비제이는 빽빽하게 둘러싼 사람들을 밀치고 관문으로 향했다.

"좀 들어갑시다."

비제이가 관문으로 들어가려 하자 통행증을 검사하던 경비원이 인상을 팍 찌푸리며 비제이의 앞을 막았다.

"아무리 꼬마라고 해도 그냥 들어갈 순 없다! 가서 통행증 끊어 와!"

"꼬마? 아니, 제가 어딜 봐서 꼬마라는 겁니까? 아무리 봐도 건장하고 멋진 청년인데."

"아무리 봐도 꼬맹이야! 어서 저리 비켜."

"이거 참."

경비원이 들고 있는 방망이에 밀려난 비제이가 어쩔 수 없다는 듯 망토 속에서 메달을 끄집어냈다. 투명한 메달이 비제이의 체온을 감지하자 붉은 드래곤을 그려냈다.

짜증스럽게 비제이를 밀쳐내던 경비병이 메달에 떠오른 드래곤을 보자 눈을 휘둥그레 떴다.

"마, 마스터 헌터?"

"옙, 마스터 헌터이올시다."

"너, 너, 이거 어디서 훔친 거냐?"

"훔치다니요, 마스터의 메달은 주인의 손에서만 반응하는 거 알잖습니까."

비제이의 말은 사실이었다.

마스터 헌터의 메달은 마법으로도 위조할 수가 없었다. 드래곤의 문양은 아무나 만들어낼 수 있는 것이 아니기 때문이다. 비늘을 준 드래곤이 허락을 해야만 만들 수가 있다.

경비병은 이 어린 녀석이 전 세계에서 다섯 명밖에 안 되는 마스터 헌터라는 것에 놀라 입을 쩍 벌렸다.

"시, 실례가 많았습니다."

경비병이 방망이를 옆으로 치웠다.

"실례가 많긴요. 갑자기 통행증 검사하느라 수고가 많으시네요. 그런 의미에서 노래나 한 곡 불러드릴까요?"

"……아닙니다."

"왜요? 이래 봬도 지나가던 음유시인이거든요."

"아뇨, 진짜 괜찮습니다."

"그럼 한 곡 뽑겠습니다."

"아니, 정말 괜찮은데."

경비병이 사양을 하는데도, 비제이는 기어코 하프를 꺼내들었다.

이제는 힘을 잃은 세이렌의 하프 모조품이었다. 하지만 아무리 갈라졌어도, 그것은 세이렌의 하프 모조품.

디리링.

비제이의 손가락이 현을 가르자 아름다운 선율이 흘러나

왔다.

경비, 경비, 조이스 타운을 지키는 경비병,
통행증 검사를 시작하자, 예, 예, 예,
오는 사람 너무 많고, 가는 사람 너무 많네,
일이 안 끝나, 언제 끝나지?
집에 가서 마누라 다리 베고 잠이나 자고 싶다아아아!

"……"
"……"

다른 경비병들도, 들어오기 위해 줄을 서서 기다리던 사람
들도 조용해졌다. 자신의 노래에 취해 눈까지 감고 흐뭇하게
고개를 끄덕인 비제이.

어이없는 표정으로 자신을 쳐다보는 사람들을 향해 깊이 허
리를 굽혀 감사의 인사를 했다.

"땡큐."
"……"

*   *   *

"크하! 좋다!"
비제이는 그렇게 마시고 싶었던 맥주를 쭉 들이켜고, 통쾌

하게 맥주잔을 내려놨다.

"그래, 바로 이 맛이지! 역시 조이스 타운이야. 조이스 타운 만세! 엔젤스 비어 만세!"

술집 엔젤스 비어의 여주인인 메이가 다가왔다. 깊이 파인 드레스 위로 풍만한 가슴이 드러났다. 가게 안에 있는 사내들이 군침을 흘리며 메이의 가슴을 뚫어져라 쳐다봤다. 메이는 부끄러워하는 기색 없이 오히려 가슴을 더 돋보이게 추켜올렸다.

꿀꺽.

사내들이 침을 삼켰다.

"오랜만이네, 비제이. 거의 세 달 만인가?"

"오오, 아줌마."

빡!

사내들이 군침을 흘리면서도 메이에게 접근 못 하는 이유가 이거였다. 메이는 포악했다.

"아오! 아프잖아!"

"이게, 어따 대고 아줌마래?"

"그럼 아줌마 아냐? 애도 있으면서."

빡!

"아, 씨! 진짜 아프거든요, 아줌마?"

빡!

"누님, 살려주세요."

"맥주는 입맛에 맞고?"

메이가 언제 때렸냐는 듯 비제이의 옆에 앉았다. 술집 안에 있는 사내들이 비제이에게 부러움과 질투의 시선을 던졌다.

하지만 정작 비제이는 아무 생각 없이 테이블에 놓인 고기를 뜯었다. 양념이 잘 밴 통돼지 바비큐였다.

"맥주 최고, 고기 최고! 그래도 역시 누님 손맛이 제일 최고!"

"더 최고인 걸 맛보게 해줄까?"

메이가 가슴골을 손가락으로 만지며 물었다.

"에이, 누님. 그거 범죄예요. 저, 누님 딸이랑 같은 나이라는 거 잊으셨습니까?"

"후후후, 최고의 남자를 얻으려면 나이 따위는 잊어야지 않겠어?"

메이가 비제이의 볼을 쓰다듬었다. 비제이가 질색하며 몸을 뒤로 뺐다.

"에이, 누님. 전 엘다한테 죽고 싶지 않다구요."

"그래? 우리의 붉은 기사님께서는 엘다를 두려워하지 않던데?"

"네? 누님! 설마 레이랑 그렇고 그런…… 그런 거였습니까?"

"응, 그럼."

메이가 요염하게 웃었다. 비제이는 정말 충격을 받은 듯 들고 있던 바비큐를 툭 떨어뜨렸다.

"이럴 수가. 레이, 그 자식…… 그런 놈으로 안 봤는데……

후딘이나 할 짓을 하다니…… 정말, 정말입니까, 누님?"

"아니, 거짓말."

"……이봐요, 누님. 그런 걸로 거짓말하실래요?"

"후후후, 비제이를 놀리는 건 정말 재밌다니까."

메이가 킥킥 웃으며 가슴골 사이에서 열쇠를 하나 꺼냈다. 그리고 비제이의 앞으로 은밀하게 밀어놨다. 비제이가 겁에 질린 눈으로 열쇠를 응시했다.

"이, 이건……."

"내 방 열쇠."

"히익! 저, 정말요?"

"아니, 거짓말."

"……하아. 예, 예. 매번 속아 넘어가는 제가 바보입니다."

메이가 눈을 가늘게 떴다.

메이는 사실 비제이가 속지 않았다는 걸 알고 있었다. 단지 메이를 즐겁게 해주려는 것뿐이다. 메이는 비제이의 검붉은 눈동자를 물끄러미 바라보다가 말을 꺼냈다.

"한 달 동안 다섯 명이 죽었어."

"아아, 그 살인 사건이요? 거리가 아주 시끌벅적하던데요?"

"다섯 명 전부 여자야. 그것도 상당히 젊고 미인인 여자. 나도 위험할 것 같아."

"하하하하, 뭘 그런 걱정을 다 하세요? 누님은 젊지 않잖……!"

빡!

"정말 걱정이 크시겠네요. 젊고 아름다운 누님이시니."

비제이가 울상을 하고 아픈 머리를 감쌌다.

"마쥬레 백작이 이번 사건을 맡았어."

"헤에, 강철의 백작 말이에요?"

마쥬레 백작은 조이스 타운의 보안국 국장이었다. 일 처리가 매섭고 공정해서 강철의 백작이라고 칭송을 받았다.

물론 귀족들은 자기들에게까지 법을 내세우는 마쥬레 백작을 싫어했지만, 평민들 사이에서 워낙 인기가 높아 대놓고 마쥬레에게 해코지를 하지는 못했다.

"강철의 백작이 맡았다면 금방 해결되겠네요."

"근데 그게 그렇지가 않아. 첫 번째 살인이 일어났을 때부터 백작이 몸소 뛰었는데, 아직까지 범인에 대한 윤곽도 잡지 못했대. 아니, 사건에 대해서도 제대로 파악을 못 했다고 하던데?"

"그래요?"

비제이는 별로 관심이 없는 표정이었다. 메이가 목소리를 낮췄다.

"워낙 보안이 철저해서 자세히는 모르지만, 소문에 의하면 시체가 정말 이상하대. 아주 아주 끔찍한 시체라고 하더라. 인간이 저지를 수 없는 살인처럼 보인대."

"헤에."

이번에도 비제이는 흥미를 보이지 않았다. 메이가 도톰한 입술을 혀로 핥으며 물었다.

"트레저로 한 짓이 아닐까?"

"이상한 일이 벌어졌다고 해서 전부 트레저 탓은 아니죠. 흑마법사나 주술사가 한 짓일 수도 있으니까요. 게다가 트레저가 연관이 있다고 해도, 전 아무 권한이 없는걸요."

"하지만, 비제이……"

"잘 마셨어요, 메이. 약품상에 다녀와야겠어요."

"비제이."

메이는 비제이를 붙잡을 수 없었다. 메이는 술집을 나가는 비제이의 뒷모습을 물끄러미 응시했다.

비제이는 아무 권한이 없다고 했지만 마스터 헌터의 권한은 위대했다. 어떤 사건이든 메달만 보이면 개입할 수가 있었다.

하지만 비제이가 맡지 않으려고 한다면, 그 이유가 있는 거겠지. 트레저로 생긴 일이 아니라는 확신이 있거나, 더 굉장한 트레저를 찾아가야 하기 때문에 바쁘다거나.

메이는 한숨을 내쉬었다.

이번 사건의 피해자 중에는 자작의 딸까지 끼어 있었다. 경비가 삼엄한 귀족가에까지 침범했다는 것은, 살인범의 손길이 누구에게나 뻗칠 수 있다는 뜻이었다.

딸인 엘다는 젊고 아름다웠다. 지금까지 생긴 피해자들의 평균 나이와 비슷한 또래였다.

엘다에게 무슨 일이 생길까 봐 밤잠도 못 자고 엘다의 곁을 지켰다. 이럴 때면 남편이 그리워졌다. 커다란 도끼를 휘두르며 술주정뱅이들을 쫓아내던 남편이.

　조이스 타운의 거리는 평소와 달리 침침했다. 거리를 오가는 사람들은 여전히 많았지만, 사람들의 눈은 두려움과 의심으로 침잠해 있었다.

　조이스 타운의 시민들은 의심스럽게 관광객을 쳐다봤고, 관광객은 관광객대로 경계의 시선을 보냈다. 언제나 발랄하고 유쾌했던 조이스 타운이 살인자 하나 때문에 이렇게 변해버린 것이다.

　비제이는 거리의 분위기 따위 아무래도 상관없다는 듯 여전히 유쾌한 표정으로 거리를 걸어갔다. 내리쬐는 태양이 비제이의 머리카락을 붉게 물들였다.

　비제이가 중앙 시장을 지나 깊은 곳에 있는 골목으로 꺾었을 때, 날카롭게 공기를 가르는 소리가 들렸다.

　쌔애애애애액!

　비제이는 반사적으로 머리를 왼쪽으로 꺾었다. 멀리서부터 날아오던 것은 비제이의 머리카락 몇 개를 스치고 바로 앞에 있는 벽에 꽂혔다.

　퍽!

　화살이었다.

　파스스.

화살에 스친 머리카락 몇 올이 바닥에 떨어졌다.

"레이, 이 자식!"

비제이는 투덜거리며 벽에서 화살을 뽑았다. 화살에는 회색 천이 묶여 있었다. 비제이는 화살은 가죽 주머니에 집어넣고 천을 펼쳤다.

"야, 레이!"

비제이가 버럭 외치자, 천 위에 검은 물결이 일렁거리다가 레이의 얼굴이 나타났다. 남쪽 오세아 지방 사람처럼 짙은 갈색 피부에 검푸른 머리카락이 인상적인 레이는, 뻔뻔한 표정으로 중얼거렸다.

『이거 좋군, 고맙다.』

"이 자식아! 지금 고맙다는 말이 나오냐? 나 화살에 맞아서 죽을 뻔했거든?"

『안 죽었잖아.』

"죽었으면 어쩔 뻔했어?"

『명복을 빌어주지.』

레이가 무심히 말하는 걸 들으며 비제이는 한숨을 쉬었다. 애초에 레이처럼 조심성 없는 놈에게 '적중의 활'을 넘긴 게 잘못이었다.

'적중의 활'과 '호란 족장의 비단'은 1년 전 어느 폐가의 숨겨진 지하실에서 찾아낸 트레저였다. 둘 다 최소한 B급 판정은 받을 수 있는 트레저. 길드에 등록하거나 귀족에게 팔면 큰 돈을 받을 수 있었겠지만, 돈이 궁한 것은 아니었기에 레이에게 줘버린 것이 사단이었다.

"근데 갑자기 왜 연락을 한 건데?"

『조이스 타운에서 기이한 살인 사건이 일어난다는 보고를 받았다. 트레저 관련이냐?』

"잘 모르겠네."

『넌 아는 게 뭐냐?』

"망할 놈."

『홍수 건은 해결됐다. 곧 조이스 타운으로 갈 거다. 그 살인 사건, 트레저 관련인지 좀 조사해봐라.』

"왜 내가 조사해야 돼?"

『트레저 관련이면 네가 해결하는 게 좋으니까.』

"네가 하기 귀찮으니까 나한테 시키는 건 아니고?"

『성실하고 건실한 레이 님에게 무슨 그런 실례의 말씀을.』

"나 내일 키리반으로 출발할 거야."

『그렇게 서두를 거 없다. 어차피 널 기다리는 사람도 없으니까.』

"웃기지 마, 키리반의 모든 사람이 날……."

반박하던 비제이가 갑자기 말을 멈췄다. 레이가 미간을 좁히고 물었다.

『뭐냐? 생각해보니까 내 말이 사실인 것 같냐?』

"아니, 누가 날 찾아온 것 같다."

비제이가 골목 끝에서 움직이는 검은 그림자를 노려보며 말했다. 검은 그림자의 숫자는 넷. 그림자 형태로 봐서는 네 명 모두 상당한 덩치의 소유자였다.

"이 몸의 인기는 조이스 타운까지 퍼져 있군. 가끔 내 인기가 무섭다, 레이."

『그럴 리가.』

비제이는 레이의 말에 대꾸도 안 하고 호란 족장의 비단을 접어 주머니에 넣었다. 그와 동시에 검은 그림자들이 이쪽으로 다가왔다. 그들은 딱히 몰래 찾아오는 건 아니었는지, 당당하게 모습을 드러냈다.

너그러운 표정의 중년인 한 명과 젊은이 세 명이었다. 비제이는 부드럽게 미소를 지으며 그들이 가까이 오기를 기다렸다.

"헌터 비제이 님 맞으시지요?"

중년인이 입을 열었다.

"그런데, 누구시죠?"

"아델리에 님의 심부름꾼인 혼치라고 합니다."

"아델리에?"

"마쥬레 백작님의 영애이시지요."

"아아, 그런데 왜 절 찾아오신 거죠?"

"아델리에 님께서 비제이 님을 뵙고 싶어 하십니다."

"아, 그래요?"

"큰길에 마차를 준비해놨습니다, 이리로."

혼치는 비제이가 따라올 거라고 예상했는지, 먼저 걸음을 옮겼다. 하지만 비제이는 한 발짝도 떼지 않았다.

"비제이 님?"

"미안하지만 전 아델리에 님을 보고 싶지 않은데요?"

"뭐라구?"

"이 자식이, 어디서 감히!"

"우리 아델리에 님께서 보고 싶으시다는데!"

옆에 있는 젊은이들이 분노하자 혼치가 한 손을 들어 그들을 제지했다.

"어째서 가지 않으시겠다는 겁니까?"

"그야 전 아델리에 님을 본 적도 없고, 만난 적도 없고, 볼 이유도 없으니까요."

비제이가 부드럽게, 그러나 단호하게 말했다.

혼치는 비제이의 반응에 당황했다. 마쥬레 백작, 조이스 타운에서는 그 이름만 들어도 고개를 숙이는 자들이 수두룩했다. 같은 백작이면서도 마쥬레 백작 앞에서 쩔쩔매는 사람들이 대다수였다.

아무리 헌터라고는 하지만, 그래 봐야 귀족 지위도 없는 평민 나부랭이가 감히 백작 영애인 아델리에의 청을 거부하다니.

마음 같아서는 한 대 후려치고 싶었다. 하지만 다치지 않게 '모시고' 오라는 게 아델리에의 명령이었다.

혼치는 분노를 속으로 삭이며 말했다.

"비제이 님, 이곳에서 괜한 다툼을 벌이고 싶지는 않습니다. 잠깐만 시간을 내주시면 됩니다. 가시지요."

젊은이들은 혼치가 굽실거리며 말하는 게 화가 나는 듯 이를 으득으득 갈고 있었다. 자칫 잘못하면 한 대 때릴 기세였지만, 비제이는 여전히 여유를 부렸다.

"나는야, 자유로운 영혼의 음유시인. 누가 부른다고 해서 따라간다면 그것처럼 자유롭지 못한 게 어디 있겠습니까. 그런 의미에서 한 곡 뽑아드릴까요?"

"뭔 소리야, 이 자식아!"

"거참, 싫으면 싫은 거지, 왜 성질을 내고 그러십니까? 이봐요, 당신!"

비제이가 방금 신경질적으로 외쳤던 덩치를 손가락으로 지적하며 말했다.

"내 노래를 거부한 걸 후회하게 될 겁니다."

"뭐래는 거야?"

"저거, 그냥 바보 아냐?"

"아델리에 님께서 왜 저런 놈을 만나려고 하시는 거지?"

젊은이들이 수군거렸다.

"하하하하. 나에 대한 추측이 난무한 가운데, 한 말씀 드리자면……. 난 엔젤스 비어 옆에 있는 엔젤스 인에 묵고 있습니다. 제 노래가 듣고 싶으면 직접 찾아오라고 전하세요. 그럼 전 이만."

비제이는 그대로 몸을 돌렸다. 그와 동시에, 젊은이 하나가 땅을 박차고 비제이에게 달려들었다. 하지만 비제이의 움직임이 더 빨랐다.

획!

비제이의 몸이 그대로 바닥에 내려앉는가 싶더니, 앉은 채로 몸을 틀어 젊은이의 품으로 파고들었다. 젊은이가 비제이를 발견했을 때, 비제이는 젊은이의 목에 잘 벼린 단검을 겨눈 상태였다.

젊은이를 막을 수 있었지만 비제이가 어떻게 하는가 보려고 그냥 놔뒀던 혼치는 크게 당황했다.

혼치가 들기로 헌터 비제이는 대부분 혼자 다니고, 특별한 능력도 없다고 했다. 검은 물론이거니와 마법 역시 사용할 줄 모른다고 들었기 때문에 무시했다. 그런데 이런 창피한 결과를 초래하다니.

아무리 이쪽에서 방심했다고는 해도 마쥬레 백작가의 시종으로서 이미지를 구겼다.

혼치는 애써 웃음을 띠었다.

"우리 아이가 실례를 했군요. 다치게 하려는 의도는 없었습니다. 놔주시지요."

"뭘 믿고 놔줘요?"

비제이가 젊은이의 목으로 단검을 좀 더 밀어 넣었다. 날카로운 단검 끝이 젊은이의 피부에 작은 상처를 냈다.

"저희는 마쥬레 백작가의 사람입니다. 그 아이에게 무슨 일이 생긴다면 비제이 님의 신변도 무사하지는 못할 텐데요."

"제가 그런 걸 무서워할 것 같습니까?"

비제이가 보이는 건 허세가 아니었다.

방금 전까지만 해도 어디서나 볼 수 있는 어린 소년이었던 비제이의 눈에 검은 살기가 어렸다. 비제이의 눈동자 안에는 야수가 꿈틀거리고 있었다. 인간의 것이 아닌 짙은 살기가 혼치를 압박했다.

혼치는 뒷걸음질을 치고 싶었지만 간신히 견뎠다.

"다시 한 번 말하겠습니다. 난 그쪽이 모시는 영애를 보고 싶은 마음 없습니다. 보고 싶은 쪽에서 직접 찾아오라고 하세요. 안 찾아오면 더 좋구요."

눈빛과 달리 비제이의 음성은 여전히 경쾌했다. 혼치는 그 기이한 이질감에 의아함을 느꼈다.

'저 녀석은 자기 눈빛이 어떤지 모르는 건가?'

팟!

비제이는 젊은이를 놓자마자 땅을 박찼다. 엄청난 도약력! 혼치가 정신을 차렸을 때 비제이는 이미 지붕 위를 달리고 있었다.

혼치는 몸을 떨었다. 비제이의 눈에서 보았던 살기가 잊히지 않는다.

눈동자 안에서 들려오던 고통에 찬 아우성, 마물이나 낼 수 있는 잔혹한 절규.

  '만약 녀석이 자기 눈빛을 깨닫지 못하는 거라면…… 아델리에 님과 만나서는 안 돼. 아델리에 님이 위험해질 거야.'

3장

전갈의 죽음

엔젤스 인은 저렴한 숙박비에 비해 아늑하고 깨끗한 시설을 갖추고 있었다. 비제이는 조이스 타운에 들를 때마다 묵는 3층 방 침대에 걸터앉았다.

마쥬레 백작가의 시종이라고 밝혔던 혼치. 마쥬레 백작이 자기 딸에게 어중이떠중이를 붙여주지는 않았을 테니 혼치는 상당한 실력의 소유자일 것이다. 목과 주먹에 자잘하게 나 있는 상처는 혼치가 실전 경험 역시 풍부하다는 것을 알려줬다.

그런 혼치가 비제이와 눈이 마주치자 긴장했다. 아니, 그때 혼치의 눈에 떠올랐던 건 긴장이 아닌 공포. 짧은 순간이었지만 비제이는 그것을 놓치지 않았다.

'나도 먹히고 있는 건가?'

비제이는 쓸쓰레하게 입맛을 다셨다.

트레저라는 것은 단순한 마나의 힘으로 움직이는 것이 아니다. 과거 트레저를 소유했던 인간, 즉 근원자의 힘과 욕망, 사념이 물건에 남아, 그 물건이 가지고 있는 원소력과 뒤섞여 일으키는 기괴한 현상이다.

때문에 트레저를 자주 사용하는 자가 근원자의 힘을 이기지 못하고 정신이 지배되는 일이 왕왕 벌어졌다. 그럴 경우, 트레저 소유자는 자신이 무슨 짓을 하는지도 모르는 채 움직이기도 했다. 마치 몽유병 환자처럼.

"하긴, 난 사용할 뿐만 아니라 노출까지 됐잖아. 언제 먹혀도 이상하지는 않지. 쫄지 마. 각오하고 있는 거잖아."

비제이는 윗옷을 벗었다.

아직 소년 티가 물씬 나는 가느다란 몸. 어깨에는 스콜피언의 문양이 새겨져 있었다.

핏빛의 스콜피언.

살아서 움직일 듯 생생하게 자리 잡은 스콜피언은 독을 잔뜩 품은 꼬리를 바짝 세우고 있었다. 붉은 스콜피언의 가장자리로 비제이의 검푸른 핏줄이 이어졌다.

오랜 친구였던 타이진이 남기고 간 흔적.

벌써 몇 년이나 지났는데도, 그 흔적은 옅어지기는커녕 점점 진해졌다.

스콜피언 대거에 찔렸을 때만 해도 이렇게까지 생생한 문양은 아니었다. 날이 갈수록 스콜피언이 생명을 띤 것처럼 또렷해졌고, 그와 더불어 비제이 자신은 죽어갔다.

몸이 아닌, 마음이.

스콜피언 대거로 찔린 사람은 '전갈의 죽음'이라는 저주에 걸린다. 저주에 걸렸다는 증거로, 찌른 부위와 상관없이 희생자의 어깨에 붉은 전갈의 문양이 생긴다.

처음에는 희미한 형태이지만, 한 시간이 지나기도 전에 스콜피언의 모습이 또렷해진다. 마치 살아 있는 것처럼.

희생자는 시간이 흐를수록 자아를 잃게 되는데, 마지막 한 조각의 자아까지 잃게 되었을 때 마물로 변한다.

인간의 마음은 찾아볼 수 없는 마물.

그것이 '전갈의 죽음'이 완성된 모습이었다.

마물로 변한 후에는 자신을 찌른 소유주의 노예가 된다. 소유주의 명령이라면 무엇이든 따르는 충실한 개.

소유주의 입에서 '너 그만 죽어라.'라는 말이 나왔을 때에야, 희생자는 죽을 수 있다.

문양을 도려내는 건 소용없다. 괜히 스콜피언을 자극했다가는, 그 문양이 진짜로 독을 뿜어내 더 심한 고통을 느끼게 된다. 고통스럽게 문양을 잘라낸다고 해도, 저주가 풀리지 않는 한 문양은 몇 번이고 다시 생겨난다.

만약 레이가 없었더라면, 비제이도 이미 마물이 되어 타이진의 노예로 살아가고 있을 것이다. 마음도 없이 인간을 살육하고 뜯어먹으면서.

"타이진……."

비제이는 아직도 믿을 수 없었다.

항상 밝게 웃고, 불의에 분노하던 친구 타이진. 그가 트레저에게 먹혔다는 사실을 도무지 받아들일 수가 없었다.

타이진은 강했다. 트레저 따위에게 먹힐 만한 녀석이 아니었다.

'도대체 스콜피언 대거의 근원자는 누구지? 타이진이 왜 그렇게 쉽게 먹힌 거지?'

파지직!

"우왓!"

씁쓸하게 어깨의 스콜피언을 보던 비제이는 귀 옆에서 터지는 파열음에 화들짝 놀라 침대에서 굴러떨어졌다. 핑이 깔깔 웃었다.

"아하하하하, 비제이. 바보 같아."

"너, 진짜 날…… 됐다. 이제 말하는 것도 입 아프다."

"누가 오고 있어."

"누구?"

"마쥬레 백작가의 공주님."

"아델리에? 아아, 맞다."

잊고 있었다. 안 그래도 레이한테 물어보려고 했는데.

비제이는 서둘러 가죽 주머니를 뒤져 호란 족장의 비단을 꺼냈다.

"야야야야야! 레이! 레이! 레이!"

레이는 한참 후에야 모습을 드러냈다. 비단 위에 떠오른 얼굴은 인상을 잔뜩 찌푸리고 있었다.

『이거 귀찮군. 버려야겠어.』

"아까는 좋다고 하더니."

『뭐냐?』

"아델리에에 대해 말해봐."

『마쥬레 백작 영애 말인가?』

"응."

『예쁘다고 소문이 났다.』

"……."

『…….』

"뭐야? 그게 끝이야?"

『그럼 뭘 더 바라지? 그래 봐야 여자일 뿐인데. 아무튼 아델리에에 대해 알려진 건 많지 않다.』

레이는 말을 이었다.

『여덟 살에 병을 앓은 후로는 심신에 충격을 받아서 사교계에 모습을 드러내지도 않았지. 아버지를 보는 것도 싫어서어머니인 마쥬레 백작 부인만 간신히 딸의 방에 들어갈 수 있었다고 하더군. 세 달 전에 마쥬레 백작 부인이 병으로 사망,

장례식 때 처음으로 아델리에가 모습을 드러냈다. 사교계가 들썩거릴 정도로 대단한 일이었지. 자기 어머니를 꼭 닮아서 상당한 미인이라고 하더라. 그런데 갑자기 아델리에는 왜?』

"만나재."

『데이트인가? 뭐, 너도 그럴 나이이긴 하지.』

"그런 거 아니거든요."

똑똑.

노크 소리가 들려왔다.

"찾아오신 것 같군. 아무튼 알겠다. 근데 뭐하는 중이었냐?"

『싸우는 중.』

"뭐?"

『가이안 왕국으로 가는 지름길은 위험하니까.』

"아니, 그게 아니라. 야, 너 싸우는 중에 나랑 얘기하고 있는 거야? 위험하잖아."

『훗, 걱정하는 건가?』

레이가 얄미울 정도로 거만하게 웃었다.

"됐다, 거기에 뼈를 묻어라."

비제이가 가죽 주머니에 비단을 도로 넣었을 때, 다시 한 번 노크 소리가 들렸다.

똑똑.

아델리에는 아름다웠다.

진주처럼 뽀얀 살결을 가진 아델리에는 눈부신 금발의 소유자였다. 허리까지 치렁치렁 내려오는 풍성한 금발 사이의 자그마한 얼굴에는 바다처럼 맑고 푸른 눈과 오뚝한 코, 장미처럼 붉은 입술이 오밀조밀 붙어 있었다.

아델리에가 처음으로 사교계에 얼굴을 드러냈을 때 사교계가 들썩거릴 만한 이유가 있었다.

누가 봐도 귀족의 영애로 보이는 아델리에는 외모만으로는 부족하다는 듯 호화스럽게 자신을 꾸몄다.

피처럼 붉은 벨벳 드레스는 가슴 부분이 파여 풍만한 가슴을 요염하게 드러냈고, 허리는 부러질 것처럼 가늘었다. 선이 고운 하얀 목에는 눈동자 색과 똑같은 푸른 사파이어 목걸이를, 가늘고 긴 팔에는 손바닥 넓이의 두꺼운 금팔찌를 차고 있었고, 자그마한 은색 가방을 들고 있었다.

아델리에는 비제이가 내준 불편한 나무 의자에 기품 있게 앉아 있었다. 아델리에 한 사람이 들어왔을 뿐인데, 보잘것없는 여관이 백작 저택처럼 화려하게 변한 듯했다.

평민이 묵는 여관에 찾아오면서 화려하게 꾸민 아델리에게서 오만함이 엿보였다.

"이번 살인 사건의 해결을 의뢰하고 싶어요."

아델리에가 단도직입적으로 말했다. 비제이는 고개를 갸웃하며 아델리에를 쳐다보다가 씩 웃었다.

"거절합니다. 나가시는 문은 저쪽입니다."

"뭐라구요?"

아델리에는 황당하다는 눈으로 비제이를 쳐다봤다.

사교계의 진주라 불리는 아델리에는 자신을 이따위로 대접하는 비제이에게 분노를 느꼈다. 미소 한 번만 지어주면 대단한 귀족들까지도 아델리에에게 심장을 내어줄 것처럼 얼굴을 붉혔다.

"지금 제 의뢰를 거절한다는 건가요?"

"이런, 이런."

비제이가 안타깝다는 듯 고개를 저었다.

"젊으신 분이 귀가 안 좋은 모양이군요."

"무, 무엄하네요!"

아델리에가 벌떡 일어났다. 비제이는 여전히 침대 가장자리에 여유 있게 앉아 있었다.

"전 마쥬레 백작가의 여식입니다. 그 의미가 어떤 건지 모르나요?"

"백작님이 공정한 분이라는 이야기는 많이 들었습니다. 그리고 이번 사건의 담당자라는 것도요."

"벌써 한 달이 지났는데 범인의 윤곽조차 잡지 못했어요. 그만큼 어려운 상대거나, 아니면 미지의 힘이 개입되었다는 거겠죠."

"미지의 힘이라면, 트레저를 말하는 거고요?"

"네, 트레저 때문에 생기는 이상한 일이 많으니까요."

아델리에는 두꺼운 금팔찌를 만지작거렸다. 금팔찌에는 노래하는 세이렌이 새겨져 있었다.

"하지만 이상한 일 중에 대부분은 트레저 때문에 생긴 게 아니라는 것도 아시겠죠?"

"물론 알고 있어요. 그러니까 한번 조사만 해달라는 거예요. 트레저가 개입된 거라면 전문가가 나서는 게 좋잖아요. 어린 나이로 마스터의 메달을 갖게 된 당신이라면, 이 정도 일쯤은 아무것도 아닐 텐데요."

아델리에가 도로 의자에 앉아 부채를 펼쳤다. 비단으로 만든 부채가 팔락거리는 것을 보며 비제이가 말했다.

"마쥬레 백작님께서도 이미 트레저의 개입에 대해서는 생각해보셨을 겁니다. 아마 트레저 쪽의 전문가도 같이 수사를 하고 있겠죠. 아델리에 님의 아버지를 좀 더 믿어보는 게 좋지 않을까요?"

"피가 사라졌어요."

"네?"

아델리에가 비제이를 똑바로 쳐다봤다. 몇 개월 전까지 병 때문에 밖에 나오지 않던 소녀라고는 믿을 수 없을 만큼 고집스럽고 강한 눈빛이었다.

"시체의 피가 사라졌어요."

"피가 관계된 일이라면 흡혈족 쪽으로 찾아보는 게 좋겠네요."

"아버님도 이미 흡혈족에 대한 조사를 시작했어요. 하지만 흡혈족 자체가 워낙 희귀한 데다가, 조이스 타운에는 흡혈족이 하나도 없어요."

"숨어 있겠죠."

"지하 통로, 감춰진 방들까지 전부 찾아봤어요. 조이스 타운 근방이랑 숲도요. 하지만 아무것도 안 나왔어요. 그래서 아마 트레저의 짓일 거라고 생각하시는 것 같아요."

"와아! 그럼 결론이 났네요."

비제이가 손뼉을 마주쳤다.

"트레저의 짓이다. 자, 그럼 안녕히 가세요."

비제이가 방문을 열었다.

아델리에는 자신을 쫓아내려고 안달이 난 비제이를 노려봤다. 비제이가 한숨을 내뱉었다.

"사교계의 진주 아델리에 님, 의뢰할 곳을 잘못 선택하셨습니다. 전 그렇게 능력이 많지도 않고, 제 몸 하나 건사하는 것도 아주 그냥 힘들어 죽겠습니다. 그런데 살인 사건 수사라뇨. 아, 며칠 후에 붉은 기사 헤레이스 경이 이곳에 도착하는데, 헤레이스 경에게 맡기는 게 어떻겠습니까?"

"너무 늦어요."

아델리에가 천천히 일어났다.

"한 달 사이에 다섯 명이 죽었어요. 그것도 피가 다 빠져나간 끔찍한 모습으로. 당신은 그 시체를 보지 못했으니, 그런

속 편한 소리가 나오는 거예요. 아직 꽃도 피워보지 못한 젊은 여자들이 알몸인 채로 배가 갈렸어요. 여기에서부터……."

아델리에가 자신의 배꼽 부분을 가리킨 손을 위로 천천히 올렸다. 손은 아델리에의 가느다란 목 바로 아래에 멈췄다.

"여기까지."

"……."

"내장이 전부 사라지고, 피 역시 한 방울도 남지 않았어요. 그렇게 끔찍한 시체가 버려졌죠."

"마치 직접 본 것처럼 잘 아시네요."

"그건……!"

아델리에의 얼굴이 하얗게 질렸다. 아델리에는 생각하기 싫다는 듯 치맛단을 잡아 뜯었다. 백작가의 영애와는 어울리지 않는, 어린아이 같은 행동이었다.

"뭐, 좋아요. 뭐든 알고 있는 붉은 기사 헤레이스 경의 친구라면 이것도 알게 될 테니까."

아델리에는 결심한 듯 단호하게 비제이를 쳐다봤다.

"세상에는 알려지지 않았지만…… 전 그 시체를 봤어요."

"시체를 직접 봤다구요? 마쥬레 백작님이 허락했나요?"

"허락 같은 건 필요 없었어요. 왜냐하면……."

아델리에의 눈가가 빨개졌다.

"내 방에 있었거든요. 그 첫 번째 희생자의 시체가."

"……."

"우리 어머니였어요. 첫 번째 희생자는."

의외로 아델리에는 울지 않았다. 도톰한 입술을 잘근잘근 깨물며 눈물을 참았다.

방 안의 공기가 침잠하게 가라앉았다. 비제이는 방문을 닫고 천천히 안으로 들어와 아까까지 아델리에가 앉아 있던 나무 의자에 다리를 꼬고 앉았다. 다리 끝을 까딱까딱 움직이며, 아델리에의 마음이 가라앉기를 기다렸다.

'첫 번째 희생자가 마쥬레 백작 부인이었단 말이지. 그럼 마쥬레 백작은 왜 자기 부인이 첫 번째 희생자라는 걸 알리지 않은 거지? 딸을 보호하기 위해서인가? 그 당시만 해도 아델리에는 세상에 얼굴을 드러내지 않았으니까. 그렇다면 아델리에가 걸린 병은 뭐였지?'

마음을 진정시킨 아델리에가 비제이를 돌아봤다. 자신보다 신분이 낮은 비제이가 앉아 있는데도, 아델리에는 불쾌한 표정이 아니었다.

"맡아주시겠어요?"

상당히 흥미로운 사건이기는 하다. 조사해보고 싶기는 하지만, 어깨의 스콜피언이 마음에 걸렸다. 비제이에게는 남은 시간이 길지 않았다.

"하아."

"아버지는 절 보호해주시려고 어머니의 사건에 함구령을 내렸어요. 하지만 전 알고 싶어요. 제가 방에 틀어박혀 있을 때, 저의 친구가 되어준 단 한 분이셨어요. 어머니이자, 친구이자, 마음의 안식처. 제 어머니를 그렇게 만든 인간이 누구인지 알고 싶어요."

"트레저 관계도 아닌데……."

"비제이 님에게는 헌터 이상의 능력이 있다는 걸 알아요."

"과대평가이십니다."

비제이는 마음의 결정을 내리지 못하고 머뭇거렸다. 아델리에가 어쩔 수 없다는 듯 깊은 한숨을 쉬며 들고 있던 작은 가방을 열었다.

"자, 보세요."

아델리에가 가방에서 꺼낸 건, 손가락만 한 크기의 유리병이었다. 투명한 유리병 안에는 자세히 보지 않으면 찾을 수도 없을 만큼 작은 밀알이 한 알 들어 있었다.

"이건……."

"헌터 비제이 님이라면 알고 계시겠죠. 우리 아버지께서 소유하신 단 하나의 트레저."

"축복의 밀알."

"네, 축복의 밀알이에요."

비제이는 조심스럽게 유리병을 받아들었다. 유리병 안의 밀알이 데굴데굴 굴러다니는 걸 비제이는 자세히 살펴봤다.

축복의 밀알은 농사꾼이자 성자였던, 어느 이름 없는 남자의 마지막 수확물에서 얻은 밀알이다. 대부분의 밀알은 식량이 되어 사라졌지만, 그중 몇 알이 남아 있었다. 너무 작아서 그나마 남은 것도 소실되었는데, 단 하나 남은 한 알을 마쥬레 백작이 가지고 있었다.

축복의 밀알은 땅에 심으면 바로 싹을 틔우고 주위에 뿌린 밀알에게까지 영향을 미친다. 때가 겨울이든 여름이든, 비가 오든 안 오든 축복의 밀알을 심은 땅에는 10년 동안 사시사철 잘 여문 밀이 자란다.

베어도 베어도 계속 자라나는 밀. 그야말로 배를 곯는 농민들에게는 축복의 밀알이었다.

링겐의 동전과 더불어 A급 판정을 받은 축복의 밀알이기에, 비제이도 축복의 밀알을 손에 넣고 싶다는 생각은 했었다. 하지만 마쥬레 백작의 소유여서 포기했던 터였다.

"그걸 드릴게요."

"마쥬레 백작님의 소유 아닙니까?"

"아버님의 것은 곧 제 것이에요. 이 사건을 위해 사용했다고 하면 아버님께서도 별말씀 안 하실 거예요. 그다지 중요하게 여기시지도 않았고."

"좋습니다!"

"……해주시는 거예요? 축복의 밀알 하나로?"

"하하하, 제가 설마 트레저 하나 때문에 바쁜 시간을 쪼개겠습니까? 이게 다 아델리에 님의 아름다움과 덕성에 반해서

지요."

"……아, 네."

"그럼 제가 주의해야 할 것이라도 있습니까?"

비제이는 축복의 밀알을 챙기며 물었다. 비제이의 돌변한
태도에 당황하던 아델리에는 곧 기품을 되찾고는 허리를 꼿꼿
이 폈다.

"사디히 백작을 눈여겨보시는 게 좋겠어요. 그 사람, 취미가
좀 이상하거든요."

비제이는 아델리에가 나가자마자 비단을 펼쳤다.

"레이!"

『어.』

"싸움은?"

『아까 끝났다. 아델리에는 만났나?』

"응, 방금 돌아갔어. 이번 사건 맡기로 했다."

『귀찮아하더니.』

"마쥬레 백작 영애께서 워낙 걱정을 많이 하시더라구. 그런
미인이 걱정을 하시는데, 신사인 내가 가만히 있을 수 있겠
냐?"

『축복의 밀알을 받기로 했나 보군.』

비제이가 주위를 둘러봤다.

"너, 이 근처에 사람 심어놨냐?"

『그럴 리가, 널 움직이게 하는 건 딱 두 개잖아. 트레저, 타이진.』

레이는 타이진의 존재를 아는 몇 안 되는 사람 중 하나였고, 비제이의 앞에서 타이진의 이름을 아무렇지도 않게 꺼낼 수 있는 유일한 사람이었다. 비제이는 어깨를 으쓱하며 물었다.

"아델리에가 사디히 백작을 조심하라고 하더라. 사디히 백작은 뭐야?"

『젊은 귀족 변태. 수사국에서 일함.』

"그리고?"

『잘생겼다.』

"그리고?"

『끝.』

"제발 내가 묻기 전에 제대로 된 정보를 줄 수는 없는 거냐?"

『변태라니까. 그보다 더한 정보가 뭐가 있냐? 뭘 알고 싶은데?』

"뭘 알고 싶은지를 모르니까 너한테 묻는 거잖아."

비제이는 레이가 옆에 있기를 간절히 바랐다. 그러면 한 대 후려칠 수 있을 텐데.

『여자를 밝혀. 성관계 취향이 별나지. 잔인한 걸 즐긴다고나 할까. 사디히와 관계를 맺다가 죽은 여자들도 꽤 된다지? 뭐, 대부분이 평민이었으니까 쉬쉬하면서 넘어간 모양이지만. 재

작년에 부유한 상인의 딸이랑 혼인 이야기가 오고 갔는데, 상
인의 딸이 사디히와 한 번 자더니 망신창이가 돼서 도망을 쳤
다는군. 덕분에 그 혼인은 깨졌고, 사디히 쪽에서는 입을 다물
게 하려고 막대한 돈을 지불해서 요새는 돈이 별로 없다고 들
었다. 아, 그리고 아멜리에가 사교계에 나선 후에, 사디히 백
작이 아멜리에에게 치근거리고 있어.』

"호오, 그 얘긴 못 들었는데."

『그렇겠지. 넌 아는 게 없는 놈이니까.』

"닥쳐, 인마."

『닥쳐, 인마.』

비단 속의 비제이가 투덜거리는 걸 들으며, 레이는 검을 앞
으로 내질렀다. 아까부터 자꾸 들러붙는 몬스터 때문에 비제
이와의 통신에 집중할 수가 없었다. 게다가 이번에는 오크다.

"우오오오오오!"

오크는 팔 하나가 날아갔는데도 끄떡없었다. 피를 뚝뚝 흘
리며 괴성을 지르는 오크는 그 덩치만으로도 위압감이 넘쳤
다.

평범한 검사라면 이쯤에서 꽁지를 내뺐을 테지만, 붉은 기
사 레이는 걸어온 싸움에서 도망치는 법이 없었다.

"아무튼 조이스 타운에서 보자."

『언제 오는데?』

휘익!

레이가 바스타드 소드를 아무렇게나 휘두르며 답했다.

"닷새."

『너무 늦어! 차라리 내가 가고 만다.』

"닥쳐, 끊어. 바빠."

레이는 비단을 아무렇게나 구겨 넣었다.

『레이, 레이, 레이!』

비단을 넣은 바지 주머니에서 비제이의 목소리가 시끄럽게 울렸다. 이거 정말 귀찮은 물건이다.

"확 버려버릴까?"

레이는 두 손으로 검을 다잡았다.

우웅.

검으로 마나를 밀어 넣자, 검이 낮은 소리를 내며 울었다. 검에서 뻗어 나오는 마나에 놀랐는지 오크가 잠시 주춤했다. 하지만 그건 아주 잠시일 뿐, 머리 나쁜 오크는 상대와 자신의 힘 차이를 가늠하지 못했다.

오크가 남은 한 손으로 커다란 몽둥이를 휘두르며 달려들었다. 안 그래도 거대한 몸이 가까워져 오자, 시야가 가려졌다. 오크가 1미터 앞까지 다가왔지만 레이는 미동도 하지 않았다. 고요한 눈으로 오크의 움직임을 주시했을 뿐이다.

"우오오오오오우!"

오크가 괴성을 지르며 몽둥이를 치켜들었을 때, 레이의 검푸른 머리카락이 살짝 빛을 냈다.

레이가 돌아섰다.

"잘 가라."

레이는 오크를 돌아보지도 않고 걷기 시작했다.

오크는 저 인간 놈이 왜 그냥 가는 건지 알 수 없었다. 자신은 아직 몽둥이를 휘두를 수 있기 때문이다.

어서 저 어리석은 인간 놈의 머리통을 부숴 팔을 뜯어먹어야겠다. 근육이 많은 놈들은 질기고 맛없긴 하지만, 그래도 인간 고기는 고블린 고기보다 맛있다.

스스스스.

인간 놈을 향해 한 걸음 내뻗으려고 했는데, 다리가 움직이지 않았다. 시야가 점점 옆으로 기울어졌다.

털썩.

분명 그냥 서 있는 것 같은데 머리가 바닥에 부딪쳤다. 인간 놈은 뒤도 돌아보지 않고 걸어가는데, 완전히 옆으로 기울어져서 걸어간다. 이상하게 하늘이 있어야 할 곳에 나무가 쓰러져 있고, 나무가 있어야 할 곳에 땅이 세워져 있었다.

"우오?"

이상하게 생각하며 고개를 돌렸을 때, 오크는 땅 위에 똑바로 서 있는 자신의 다리를 발견했다. 천천히 다리를 훑어 올라가자 평평하게 갈라진 허리가 보였다. 허리 위로는 아무것도 없었다.

끊어진 허리에서 뿜어져 나오는 붉은 피. 그와 동시에 찾아온 타는 듯한 고통.

"우갸갸갸갸갸!"

어둑한 숲을 울리는 고통과 분노의 고함 소리에 나무가 흔들렸다. 하지만 오크를 그렇게 만든 레이는 피도 묻지 않은 검을 보며,

"역시 난 굉장해."

하고 흡족해했다.

                    *   *   *

조이스 타운 중앙에는 거대한 왕궁이 있고, 왕궁의 주위는 귀족들의 아름다운 저택이 자리 잡고 있었다. 중앙 시청은 왕궁의 정문이 보이는 곳에 있었는데, 통행증을 끊으려는 사람들로 입구까지 북적거렸다.

비제이는 안으로 들어가려다가 포기하고, 근처의 돌바닥에 주저앉아 하프를 꺼냈다.

디리리리링.

때아닌 연주에 사람들이 비제이를 쳐다봤다.

떠나리, 떠나리, 나는 떠나리.
통행증 따윈 필요 없어. 나는 떠나리.

바람을 벗 삼아, 하늘은 이불이야, 땅은 침대가 되지,

아무것도 없어도 좋아, 나는 떠나리오다,

떠나리, 떠나리, 저 멀리로 떠나리,

나를 알아보지 못하는 곳으로, 그래도 난 좋아,

그래, 나는 떠나리이이이이,

노래에 심취해 있던 비제이가 눈을 떴을 땐, 길 가던 사람들까지도 멈춰서 비제이를 쳐다보고 있었다. 모두의 주목을 받은 비제이가 여유 있게 웃으며 말했다.

"앵콜을 외쳐보세요."

돈주머니를 들고 통행증 차례를 기다리던 중년의 남자가 크게 외쳤다.

"시끄러워, 이 자식아!"

"아니, 시끄럽다니요? 아저씨는 예술 모르십니까, 예술?"

"예술도 예술 나름이지. 어디서 굴러먹다 온 거지새끼가 고함을 써대?"

"고함이라뇨! 노래를 한 겁니다!"

웅성웅성.

"노래였어?"

"노래였대."

"난 또 뭐라고……."

"살인 사건 해결해달라고 농성하는 건 줄 알았네."

"왜 이리 소란이냐?"

진중한 목소리가 웅성거림을 뚫고 들려왔다. 시청에서 나오는 중년 남자의 모습에, 기다리던 사람들이 모두 고개를 조아렸다.

단정한 흰색 제복을 갖춰 입은 남자의 위세는 실로 대단했다. 단순한 지위 때문이 아니라, 풍겨 나오는 진중한 무게감이 사람들의 고개를 숙이게 만들었다.

그가 바로 철의 백작이라 알려진 마쥬레 백작이었다.

비제이가 하프를 집어넣고 벌떡 일어났다.

"마쥬레 백작님."

마쥬레 백작이 비제이를 쳐다봤다. 비제이는 여전히 고개를 숙이고 있는 사람들을 밀치고 계단을 올라갔다.

마쥬레 백작 옆에 서 있던 호위병들이 비제이의 앞을 가로막았다.

"백작님 앞이다. 고개를 숙여라."

비제이는 고개를 숙이는 대신, 아델리에게 받은 유리병을 꺼냈다. 유리병을 알아본 마쥬레 백작의 표정이 차갑게 굳었다.

"따라와라."

마쥬레 백작이 몸을 돌렸다. 호위병들이 당황해서 우물쭈물하는 사이, 비제이는 호위병들을 지나쳐 마쥬레 백작의 뒤를 따랐다.

"노래 한 곡 들려드릴까요, 백작님?"

"시끄럽다."

"이래 봬도 음유시인이거든요."

"……쯧."

마쥬레 백작은 비제이의 행동을 이해할 수가 없었다. 철의 백작 마쥬레. 그의 앞에서는 다른 귀족들 역시 함부로 행동하지 못했다. 그런데 별 능력도 없어 보이는 평민 따위가 자신의 앞에서도 고개를 숙이지 않다니.

마쥬레 백작은 보안국 사무실로 들어가 문을 닫았다. 비제이는 마쥬레 백작의 허락이 떨어지지도 않았는데, 소파에 편하게 앉아 있었다.

"그 유리병은 어디서 얻은 거지? 훔친 건가?"

"아, 못 들으셨습니까? 어제 아델리에 님께서 직접 저를 찾아와서 이번 살인 사건 수사를 부탁하셨습니다."

"아델리에가?"

"예이, 그 대가로 이걸 주셨지요."

"그게 뭔지는 아는가?"

"그럼요, 이래 봬도 트레저 헌터니까요."

"트레저 헌터? 아깐 음유시인이라고 하지 않았나?"

"낮에는 음유시인, 밤에는 트레저 헌터랄까요? 아니, 낮에는 헌터, 밤에는 음유시인인가? 일단은 트레저 헌터가 부업이기도 하니까…… 음…… 뭐가 본업인 게 좋으십니까?"

"아무래도 상관없다. 무슨 급이지?"

비제이는 메달을 꺼내 마쥬레 백작 앞에 내밀었다.

"이건…… 마스터 메달? 혹시 마스터 비제이인가?"

"예이."

마스터 헌터라면 백작인 마쥬레 앞에서도 주눅 들지 않은 게 이해가 됐다. 마스터급은 어디를 가도 귀족의 대우를 받으니까.

마쥬레 백작은 시종을 불러 차를 내오라고 시킨 후, 두 손을 거머쥐고 비제이를 쳐다봤다. 아무리 봐도 능력 없는 어린 소년으로밖에 안 보이는 비제이가 어떻게 마스터급이 되었는지 궁금했다.

정작 의문을 불러일으킨 비제어는 귀중한 마스터 메달을 손가락에 걸고 휘휘 돌리고 있었다. 보는 사람 정신이 다 사나워졌다.

'흐음.'

비제이는 백작의 눈동자를 살펴봤다.

사실 비제이는 최면을 걸려고 하는 중이었다. 상대가 방심하고 있을 때 최면을 거는 게 비제이만의 최면 방법이었는데, 마쥬레 백작은 확실히 강한 자라서 그런지 도무지 최면에 걸릴 기미를 보이지 않았다.

달칵.

시종이 차를 가지고 왔다.

비제이는 차에 설탕 조각을 넣고 스푼으로 저었다. 느긋하게, 하지만 정확히 똑같은 원 모양으로. 마쥬레 백작은 자신도 모르게 비제이의 움직임을 좇다가 입을 열었다.

"정신 사납군. 원래 그렇게 빙글빙글 돌리는 걸 좋아하나?"

'실패군.'

비제이는 속으로 한숨을 쉬며 마쥬레 백작과 눈을 마주쳤다.

"백작님은 살인범이 누군지 알고 계시죠?"

"……뭐?"

"백작님은 살인범이 누군지 알고 계시죠?"

비제이가 동요하지 않고 한 번 더 물었다. 마쥬레 백작의 미간이 좁아지는가 싶더니, 챙 날카로운 소리와 함께 비제이의 목에 검이 겨눠졌다.

검 끝이 목에 닿아 따끔했다. 연한 피부에 불긋한 핏방울이 맺혔다.

마쥬레 백작의 눈이 살기를 띠었다. 그래도 비제이는 움직이지 않았다.

"지금 무슨 소리를 지껄이는 거냐?"

"아뇨. 뭐, 철의 백작님이라면 지금쯤 범인의 윤곽쯤은 파악하시지 않으셨을까 해서요."

"내가 범인을 알면서도 함구하고 있다는 거냐?"

"그런 뜻은 아니었는데요."

"……."

"……."

비제이가 검지를 세워 백작의 검에 살짝 가져갔다.

"이 검 좀 치워주시죠. 이래 봬도 전 키리반 왕국의 영웅이거든요."

비제이의 말이 사실이었다. 마스터 헌터를 건드려서 좋을 건 없다.

백작은 이를 갈며 검을 집어넣었다. 하지만 자리에 앉지는 않고, 위협하듯 서서 비제이를 노려봤다. 비제이는 여유 있게 차를 호록호록 마시다가 이제야 생각났다는 듯 말했다.

"희생자 시체 좀 보여주세요."

4장

———

지하 감옥

　수사국의 지하실에 있는 냉동고. 서리가 낀 천장에는 아이스 마법을 새긴 마석이 잔뜩 박혀 있었다. 수사 중인 시체를 보관하기 위해 만든 공간이었다.

　냉동고 안에 들어와 있던 마쥬레 백작은 비제이를 보며 인상을 찌푸렸다. 시체를 자주 봐온 부하들조차도 이번 살인 사건의 피해자를 보면서 구역질을 해댔다. 마쥬레 백작 자신도 역겨움을 느낄 정도로 시체는 끔찍했다.

　하지만 비제이는 담담했다.

　"날개 같네요, 이건."

　비제이가 시체의 갈비뼈를 가리키며 말했다.

"활짝 펼쳐졌네요."

"뭐?"

마쥬레 백작은 비제이의 정신세계를 따라잡을 수가 없었다.

"보세요, 꼭 날개 같지 않아요?"

다시 보니, 정말 날개처럼 보였다. 시체의 갈비뼈는 바깥쪽을 향해 한껏 펼쳐져 있었다.

"흡혈족은 이런 짓을 하지 않죠. 귀찮은 일이니까."

비제이는 중얼거리며 시체의 머리를 들어올렸다. 시체의 머리는 가벼웠다.

"가볍네요."

"……뭐?"

"뇌가 없어요. 확인해보셨나요?"

비제이는 당황한 기색이 역력한 마쥬레 백작을 쳐다봤다. 마쥬레 백작은 주먹을 꽉 쥐었다.

"확인…… 안 해봤네……."

뇌가 사라졌을 거라고는 생각도 못 했다. 시체의 머리는 온전했고, 작은 흉터 하나 없었기 때문이다.

"그런가요?"

비제이는 옆에 있는 다른 시체들의 머리도 한 번씩 들어올렸다.

"전부 뇌가 없습니다."

"그런……."

마쥬레 백작의 얼굴에 참담함이 떠올랐다. 하지만 비제이는 참담함 뒤에 녹아 있는 안도감을 발견했다.

역시 마쥬레 백작은 감추는 게 있다.

"이 정도면 다 본 것 같네요. 그만 나가도 될 것 같습니다."

비제이가 먼저 냉동고 입구로 걸음을 옮겼다. 마쥬레 백작은 조용히 비제이의 뒤를 따랐는데, 비제이가 갑자기 마쥬레 백작을 돌아보며 물었다.

"마쥬레 백작님께서는 부인을 많이 사랑하셨지요?"

"……"

마쥬레 백작의 눈동자가 흔들렸다.

"상심이 크시겠습니다."

"지금 그게……!"

마쥬레 백작의 눈이 노여움으로 물들었다.

"이번 사건과 무슨 상관이 있다는 거지?"

"아, 그러게요."

비제이가 씩 웃었다.

"제가 너무 지껄였네요. 그럼 노래라도 한 곡?"

"네놈이…… 마스터 헌터라는 명예 하에…… 겁을 상실했구나."

마쥬레 백작의 넓은 어깨가 덜덜 떨렸다. 분노 때문이었다. 하지만 비제이는 개의치 않고 피식 웃었다.

"글쎄요, 마쥬레 백작님. 첫 번째 희생자의 시체는 분명 지금 희생자들이랑 달랐죠?"

"뭐……?"

"저는 마쥬레 백작님의 고귀한 명성이 무너지는 걸 원하지 않습니다."

"도대체 지금 무슨……."

마쥬레 백작에게서 분노의 기운이 옅어졌다. 대신에 절망과 괴로움이 마쥬레 백작을 채웠다.

비제이는 깊은 한숨을 쉬며 말했다.

"마쥬레 백작님. 전 누군가의 손에 놀아나는 걸 좋아하지 않습니다."

"……."

"하루 정도는 기다려드릴 수 있습니다. 마쥬레 백작가의 일은 마쥬레 백작님께서 해결해주세요. 그러면 저는 안심하고 이번 사건을 해결하겠습니다."

비제이의 행동은 지극히 버릇없는 행동이었다. 아무리 귀족의 대우를 받는 마스터 헌터라고는 하나, 진짜 귀족인 백작에게 이래서는 안 됐다.

그러나 마쥬레 백작은 비제이에게 호통을 칠 수 없었다.

비제이는 알고 있었다. 마쥬레 백작이 감추고 있는 비밀을.

*   *   *

타이진은 돌변한 마물들을 노려봤다.

찌른 자를 모두 마물로 만들 수는 있지만, 그들의 숫자를 유지하는 건 힘들었다.

"아직 내 능력이 부족하군."

타이진이 다룰 수 있는 마물의 숫자는 고작해야 다섯 마리. 그 이상으로 넘어가면 마물들이 통제를 벗어나 날뛰었다.

애초에 두 마리만을 통제 하에 둘 수 있었던 것에 비하면 장족의 발전이었다. 마물 다섯 마리로도 마을 하나를 초토화시킬 수 있을 만큼 강했기 때문이다.

하지만 타이진은 더 강력한 힘이 필요했다.

"죽여라!"

타이진은 자기 통제 하에 있는 마물들에게 명령했다.

"내 통제를 벗어난 것들을 갈가리 찢어 죽여라."

타이진이 통제 하에 둔 마물들은 지금까지 만든 마물 중에서도 가장 강한 녀석들로 구성되어 있었다. 마물들이 이를 드러내고 싸우는 걸 지켜보며, 타이진은 스콜피언 대거를 꽉 쥐었다.

"좀 더 강한 힘이 필요해. 좀 더……."

타이진은 조이스 타운이 있는 방향으로 시선을 보냈다.

덴저 트레저.

인간의 영혼을 먹어치우는 위험한 트레저. 덴저 트레저는 발견 즉시 길드에 등록한 후, 비밀 저장고에 봉인을 해둬야만 했다.

타이진은 그 덴저 트레저 중 하나를 조이스 타운에 보내두었다. 아직 세상에 알려지지 않은 트레저였다.

"날뛰어라, 트레저의 사념이여. 내게 너의 능력을 보여라."

*　　　*　　　*

마쥬레 백작은 초조하게 사무실 안을 왔다 갔다 했다.

"설마…… 그 애송이가 정말로 진실을 알고 있는 건가? 아니, 그럴 리 없다. 그냥 한번 떠본 거겠지."

똑똑.

누군가 사무실 문을 두드렸다.

"들어오게."

문이 열리고 훤칠한 체구의 남자가 들어왔다. 마쥬레 백작과 같은 수사국의 제복을 입은 남자였는데, 긴 금발머리를 뒤로 고정시킨 모습이 아름다웠다.

"부르셨습니까, 마쥬레 백작님."

"사디히 백작."

그가 바로 아델리에가 조심하라고 말한 사디히 백작이었다.

"지금 조이스 타운에 와 있는 마스터 헌터에 대해 들어봤는가?"

"마스터 헌터가 와 있습니까?"

"그래, 최연소의 나이에 마스터 메달을 습득한 비제이 경이

라네."

"아……!"

마스터 헌터의 메달을 습득하면 자연스럽게 기사의 칭호를 얻게 된다. 영지도 주어지지 않는 이름뿐인 칭호였지만, 평민인 비제이에게는 큰 영광일 게 틀림없었다.

사디히 백작은 평민이면서도 귀족 대우를 받으려고 드는 헌터를 좋아하지 않았기에 인상을 찌푸렸다. 사디히 백작이 헌터를 싫어한다는 걸 알기 때문에 부른 마쥬레 백작은, 드러내고 헌터에 대한 혐오감을 보이는 그의 모습에 안도했다.

"그가 이번 사건에 대해 뭔가를 알고 있는 눈치더군. 그를 감시하게. 어쩌면 그가 벌인 일일지도 몰라."

"확실히 기이한 사건이기는 합니다. 트레저 관계일 확률이 높으니, 헌터를 조심해야겠군요."

"그렇지, 내가 자네를 믿어도 되겠는가?"

"안심하십시오, 백작님. 제가 확실히 증거를 잡아내겠습니다."

사디히 백작이 나간 후, 마쥬레 백작은 깊은 한숨을 내쉬었다.

'미안하네, 비제이. 자네 말대로…… 난 부인을 사랑했다네.'

마쥬레 백작은 사디히 백작의 비열하고 잔혹한 성품을 잘 알고 있었다. 그는 마음에 안 드는 사람이 있으면 가차없이 죽였다. 그가 남들 몰래 암살자들을 거느리고 있다는 소문도 나돌았다.

그는 아마도 잘 해줄 것이다.

마쥬레 백작가의 비밀을 알고 있는 단 한 사람인 비제이를, 잘 처리해줄 것이다.

*　　　*　　　*

시장은 한산했다.

아마도 조이스 타운에서 벌어지는 살인 사건 때문일 것이다. 평소라면 북적거리고 활기가 넘칠 시장에, 오가는 사람이 손에 꼽을 정도밖에 안 됐다.

비제이는 사람도 별로 없는 시장 바닥에 주저앉아 하프를 켜고 있었다. 물론 듣는 사람은 아무도 없었다. 그나마 오가는 사람들도 거지 보듯 비제이를 흘끗흘끗 쳐다보며 지나갔다.

하지만 비제이는 여유로웠다.

'일단 미끼는 던져놨고…… 마쥬레 백작이 명성만큼 넓은 마음을 가진 인간은 아니어야 할 텐데…….'

디리리링.

하프를 연주하던 비제이의 눈동자가 붉게 빛났다.

'왔구나!'

시장 건물 지붕에서 살기가 느껴졌다. 살기를 뿌리는 자들은 총 네 명. 비제이는 아무것도 느끼지 못한 척, 계속 하프를 연주했다.

'여기서 일을 치르진 않겠지. 거사는 밤에 진행되는 건가?'

비제이는 하프 연주를 멈추고 천천히 일어났다. 아무도 안 듣긴 했지만, 음유시인으로서의 마지막 행위는 잊지 않았다.

"땡큐."

보지도 않는 사람들을 향해 인사를 한 비제이는 엔젤스 인을 향해 걷기 시작했다. 비제이를 주시하던 네 개의 그림자도 비제이의 뒤를 따랐다.

*　　　*　　　*

비제이의 예상대로 거사는 밤에 진행되었다.

비제이가 촛불을 끄고 침대에 누운 지 한 시간쯤 지나자, 검은 그림자들이 조용히 움직였다. 사디히 백작이 보낸 암살자들이었다.

그들은 소리 없이 창문을 열고 비제이의 방 안으로 들어왔다.

새근새근.

비제이의 고른 숨소리가 들리자, 그들은 침대를 향해 걸어갔다. 비제이는 움직이지 않았다.

"멍청한 놈. 마스터 헌터도 별거 없군."

"쉿!"

암살자가 동료를 조용히 시키고는 소매 안에서 작은 병을 꺼냈다. 병 안에는 녹색 액체가 들어 있었다. 냄새만으로도 기절시키는 마취제였다.

암살자는 비제이의 코 아래로 병을 가져갔다. 충분히 흡입했다고 생각했을 때, 비제이의 뺨을 톡톡 건드렸다. 비제이는 미동도 하지 않았다.

"됐군."

"산 채로 잡아오라고 하신 건, 고문하다가 죽이려고 하시는 건가?"

"그런 거겠지. 사디히 백작님은 우리보다 더 피를 즐기시니까."

암살자가 비제이를 둘러멨다.

"가자."

휙!

암살자는 비제이가 무겁지도 않은지 가볍게 창문 밖으로 뛰어내렸다. 계속되는 연쇄 살인으로 밤거리에 나와 있는 사람은 아무도 없었다.

아니, 딱 한 사람이 있었다.

붉은 기사 헤레이스 경, 레이였다.

레이는 지붕 위에 서서 어둠 속을 달려가는 암살자들을 지켜봤다.

'망할 놈.'

레이는 낮에 비제이에게서 온 통신을 떠올렸다.

『레이, 나 사디히 백작한테 잡혀갈 테니까, 새벽 3시까

지는 조이스 타운으로 와줘. 아마 난 새벽쯤에 죽을지도
모르거든.』

　이유도 설명해주지 않고 다짜고짜 죽을지도 모른다고 협박
을 해대니, 레이로서는 달리 방법이 없었다. 아껴두었던 텔레
포트 스크롤을 사용할 수밖에.

　조이스 타운에 거의 다 와서 텔레포트 스크롤을 사용하게 될
줄 알았더라면, 처음부터 사용할 걸 그랬다.

　'실컷 고문 당해봐라. 죽기 직전까지 내버려두마.'

　친우의 목숨보다 텔레포트 스크롤을 더욱 아깝게 여기는 레
이가 이를 갈고 있을 때, 비제이는 암살자에게 편하게 업혀 이
동하는 중이었다.

　암살자가 마취제를 사용할 때 비제이는 숨을 멈추고 있었
고, 덕분에 정신을 잃지 않았다.

　'흡입한 시간으로 봐서는 다섯 시간쯤 마취가 진행될 거고,
사디히 백작은 마취가 깬 다음에 고문을 시작하겠지. 내 아름
다운 비명 소리를 듣고 싶을 테니. 레이, 부디 제시간에 와줘.
너 안 오면, 나 아파서 죽는다.'

＊　　　＊　　　＊

　어둡고 습기 찬 지하 감옥에 한 소년이 갇혀 있었다. 소년은

두 팔로 무릎을 끌어안고 구석에서 덜덜 떨고 있었다.

소년이 떨 때마다 가느다란 밝은 갈색 머리카락도 같이 떨렸다. 소년의 녹색 눈동자에 두려움이 가득 차 있었다.

일이 이렇게까지 틀어질 줄은 몰랐다. 단지 트레저를 가까이에서 보고 싶을 뿐이었는데.

지하 감옥 안은 썩어가는 피비린내로 역겨웠다. 바닥을 흥건하게 적신 피가 소년을 향해 스멀스멀 흘러오자, 소년은 더 구석으로 숨었다.

'무서워! 무서워 죽겠어!'

아까 봤던 끔찍한 장면이 떠오르자 구토증이 밀려왔다.

"우욱! 우웩!"

몇 번의 토악질을 했지만 먹은 게 없어서 신물만 올라왔다.

'감히…… 감히 대마법사 호페의 아들, 나 루빈에게 이런 짓을 하다니! 가만두지 않겠어!'

하지만 가만두지 않을 방법이 없었다.

'놈은 내가 호페의 아들이라는 걸 알고 있는 게 분명해.'

루빈의 손목과 발목은 미스릴로 만든 수갑이 채워져 있었다. 미스릴 수갑에는 긴 문자가 정교하게 새겨져 있었다. 마나를 사용하지 못하게 하는, 금(禁)마법의 주문이었다.

'제기랄! 어쩌지? 나도…… 나도 아까 그 여자들처럼 죽는 건가? 죽기 싫어! 죽기 싫어! 죽기 싫어!'

루빈은 이를 악물고 비명을 삼켰다. 그때 지하 감옥으로 이어진 계단으로 누군가 내려오는 소리가 들렸다.

"여어, 꼬마. 아직도 안 죽었냐?"

루빈을 잡아들였던 암살자 중 하나였다. 검은 천 옷으로 몸을 휘감은 암살자는 어깨에 사람 하나를 둘러메고 있었다.

"너, 사내놈이라면서?"

암살자가 조롱하듯 말했다.

"기집앤 줄 알았는데…… 뭐, 우리 사디히 백작님은 예쁘장하면 남녀를 안 가리니까."

"나, 날 내보내 줘!"

"외로울 것 같아서 친구를 데리고 왔다."

암살자가 루빈의 말을 무시하며 감옥의 자물쇠를 열었다.

절컹, 절컹.

시끄러운 소리와 함께 문이 열렸다. 루빈은 그 틈을 타서 빠져나가기 위해 문으로 몸을 날렸다. 부질없는 시도였다.

퍽!

암살자의 두꺼운 다리가 루빈의 복부를 강타했다.

"우욱!"

"가만히 있어, 이 자식아! 친구도 데려와 줬더니……."

풀썩!

암살자가 데리고 온 남자를 루빈의 앞으로 던졌다. 마취라도 된 건지 남자는 바닥에 떨어졌으면서도 움직이지 않았다.

"즐거운 우정 나눠라. 뭐, 길지는 않겠지만. 누가 더 오래 살지, 내기라도 해보든가."

루빈이 배를 잡고 끙끙거리는 걸 보며 암살자는 낄낄 웃고는 다시 계단을 올라갔다.

"으으……."

여자처럼 새치름한 루빈의 눈에서 눈물이 흘러내렸다. 이대로 생을 마감하고 싶지는 않다. 하지만 이 지하 감옥의 존재를 아는 사람은 아무도 없었다. 도움의 손길은 오지 않을 것이다.

루빈은 자기 앞에 누워 있는 남자를 쳐다봤다. 하얗고 갸름한 얼굴, 목덜미와 이마를 살짝 덮는 검붉은 머리카락, 새빨간 입술…….

"이건……!"

루빈의 녹색 눈동자가 반짝 빛났다. 루빈은 아픔도 잊고 남자의 귀에 달린 귀걸이를 살펴봤다.

"이건…… 하베나이톰의 귀걸이…… 아…… 이걸…… 이걸 이런 곳에서 보게 되다니…….."

루빈의 목소리가 가늘게 떨렸다. 루빈은 이미 이곳이 지하 감옥이라는 것도 잊었다.

하베나이톰의 귀걸이.

진짜로 있는지, 없는지조차 밝혀지지 않은 전설의 트레저. 대정령사 하베나이톰이 생전에 소지하고 있던 아름다운 붉은 귀걸이.

"어떻게 알아봤어?"

그때 기절한 줄로만 알았던 남자의 입술이 움직였다. 루빈은 소스라치게 놀라 뒤로 물러나다가 엉덩방아를 찧었다.

"아고고……."

"있잖아, 너…… 이게 하베나이툼의 귀걸이라는 걸 어떻게 알아본 거야?"

남자가 고개만 돌려 루빈을 쳐다보고 있었다. 남자의 검붉은 눈동자는 어둠 속에서 더 어둡게 빛났다.

"아, 아, 아……."

'정신 차려, 루빈! 넌 대마법사 호페의 막내아들이자, 위대한 루커야. 얕보이면 안 돼!'

루빈은 정신을 차리고 도도하게 턱을 치켜들었다.

"난 트레저 루커다!"

루빈의 말을 들은 비제이의 눈이 커졌다. 비제이가 벌떡 일어나 루빈에게 다가갔다. 루빈은 움찔했지만, 눈을 부릅떴다.

"가까이 오지 마!"

"루커라고? 정말 루커냐, 너?"

트레저 루커.

트레저가 가진 고유의 사념을 읽어낼 수 있는 자. 즉, 트레저의 진품 여부를 감정할 수 있는 자들을 트레저 루커라고 했다.

트레저 모조품이 많아지고 있기 때문에, 진품을 감정할 수 있는 트레저 루커는 헌터만큼이나 좋은 대우를 받았다. 하지만 그 수가 헌터에 비해 현저하게 적어서, 대부분은 큰돈을 받고 길드에 고용되어 일하고 있었다.

헌터들은 트레저를 찾아낸 자리에서 진품 여부를 감정하기를 바랐다. 그래서 어떻게든 루커를 섭외하려고들 애를 썼지만 쉬운 일이 아니었다.

비제이는 새삼스럽게 루빈의 얼굴을 살펴봤다. 비제이보다 대여섯 살은 어려 보이는 루빈은 계집아이처럼 인형 같은 얼굴에, 선명한 에메랄드빛 눈동자, 도톰한 입술을 가지고 있었다.

하지만 눈빛은 아이답지 않게 현명함으로 빛났고, 오만하게 다문 입술은 누군가를 떠오르게 만들었다.

'누구지? 어디서 본 얼굴인데?'

"그래, 난 루커다! 알려지지 않은 트레저까지도 알고 있는 위대한 루커, 루빈 님이시다!"

"루빈!"

짝!

비제이가 손바닥을 마주치자 루빈이 소스라치게 놀라 엉덩이를 뒤로 뺐다. 비제이가 씩 웃었다.

"루비니크 맞지? 루빈이었구나, 너? 많이 컸다! 진짜 작을 때 봤는데."

"뭐? 너…… 날 알아?"

루빈이 의심이 가득 찬 시선을 보냈다.

"응, 알지. 너 대마법사 호페 님의 아들이잖아."

"어? 그, 그걸 어떻게 알았어?"

"나 기억 안 나?"

비제이가 자기 가슴을 팡팡 두드렸다. 루빈은 비제이의 얼굴을 뜯어봤지만 기억나는 게 없었다.

"나야, 나. 너네 아버지 제자, 비제이."

"네, 네놈이 비제이라구? 천재 마스터 헌터 비제이? 너 같은 꼬마가?"

"헐, 지금 누가 누구보고 꼬마래?"

"흥! 웃기지 마. 최고의 마스터 헌터 비제이가 너같이 허약해 보이는 놈일 리 없어."

루빈은 고집스럽게 비제이를 노려봤다.

비제이라는 이름은 귀에 못이 박히게 많이 들었다. 혈육인 형과 자신을 빼고는 제자를 두지 않았던 대마법사 호페가 처음이자 마지막으로 거두었던 제자. 대륙 최고의 마스터 헌터 비제이.

실제로 본 적도 있었다지만 그때의 일에 대해선 잘 기억이 나지 않았다. 하지만 루빈은 항상 비제이를 만나기를 꿈꿨다.

"아가야. 트레저로 새로운 세상을 보고 싶다면 비제이
를 만나야 한다."

탐욕스러울 정도로 트레저를 사랑하는 루빈에게, 아버지는 늘 그렇게 말했다.

 굉장한 사람일 거라고 생각했다. 키도 크고 남자다운 얼굴에 근육질, 핸섬한 미소를 짓는 청년. 붉은 기사 헤레이스 경보다 훨씬 아름다운 남자일 거라고 생각했다.

 그런데…….

 '이 계집애 같은 놈이 비제이라구? 그럴 리 없어! 그럴 리 없다구!'

 루빈은 머리를 쥐어뜯고 싶은 심정이었다.

 비제이는 싱글싱글 웃으며 루빈을 쳐다봤다.

 "와, 진짜 세월 빠르다. 정말 작았었는데…… 뭐, 지금도 작지만."

 "안 작아! 네놈이나 나나 피차일반이야."

 "내가 너보단 커, 꼬맹아."

 "꼬맹이라고 하지 마!"

 "어쭈, 이게 덤벼?"

 툭탁툭탁.

 어둡고 축축한 지하 감방 안에서 어린애 싸움이 시작됐다. 비제이와 다투면서 루빈은 문득 자신이 두려움을 잊었다는 걸 깨달았다. 비제이가 들어오기 전까지만 해도 죽음에 대한 공포와 피비린내로 인한 역겨움 때문에 고통스러웠는데.

 "그런데 루, 너 왜 여기에 있는 거냐?"

 비제이가 루빈의 손목을 잡으며 물었다.

"루라고 부르지 마! 루빈 님, 루빈 각하라고 불러!"

"오크 춤추는 소리하고 앉았네."

"이씨이……."

루빈은 바닥에 털썩 앉아 옷을 잡아뜯기 시작했다. 이곳에 들어올 때만 해도 깨끗했던 새틴으로 만든 옷이 이제는 누더기처럼 변해 있었다.

"난 그냥…… 보고 싶을 뿐이었어. 그냥 보고 싶어서……."

"뭘 보고 싶었는데?"

"그게……."

왕립 아카데미 지하 도서관에 있는 책이 보고 싶어서 실로 오랜만에 집 밖으로 나섰다. 세 달간의 긴 여행을 끝낸 후 조이스 타운으로 돌아왔을 땐, 끔찍한 연쇄 살인 때문에 시끄러웠다.

형님이 붙여준 호위 기사들에게 둘러싸여 마차를 타고 저택으로 돌아가는데, 말을 탄 사디히 백작이 수사국에 가고 있었다. 그리고 루빈은 발견했다. 사디히 백작이 가지고 있는 트레저를.

세상에 알려지지 않은 트레저. 아마 아무도 모를 트레저이지만, 루빈은 그 트레저의 존재를 알고 있었다.

수많은 문헌과 역사 책, 기담 책들을 두루 섭렵했던 루빈은 그것이 존재할 것이라고 믿었다.

'역시 존재했어!'

세상에 나온다면 덴저 트레저로 등록되어 봉인이 될 만큼 위험한 트레저. 단지 사람을 죽이고 싶어 하는 욕망만이 남아 있는 트레저.

헌터들 중 누군가가 저 트레저를 알게 된다면, 길드에 신고를 해서 봉인이 될 게 분명했다. 그 전에 그것을 가까이에서 한번 보고 싶었다.

'보고 싶어. 가까이서 보고 싶어.'

저택으로 돌아온 후에도 트레저를 보고 싶은 욕망이 사라지지 않았다. 바깥은 연쇄 살인 때문에 시끄러웠지만, 인간들 사이에서 일어나는 일은 루빈에게 아무 영향도 미치지 못했다.

저택으로 돌아온 지 3일 후 루빈은 아무도 모르게 저택을 나섰다.

"난 루비니크 엔더스입니다."

음침해 보이는 집사에게 응접실로 안내를 받았고, 그곳에서 사디히 백작과 마주했다. 사람을 많이 만나 보지 못한 루빈은 자신을 보는 사디히 백작의 눈에 떠오르는 음험한 빛을 발견하지 못했다.

루비니크 엔더스.

대륙 최고의 마법사 호페의 아들이라는 것을 분명히 알았을 텐데도, 사디히 백작은 루빈을 끌고 가 지하 감옥에 가뒀다.

그리고 그 일이 시작되었다.

"크하하하하, 아름답구나."

사디히 백작은 공포로 일그러진 루빈의 얼굴을 즐겼다. 일부러 루빈이 갇혀 있는 지하 감옥 앞에서 여자들을 고문했다. 공포에 질린 루빈이 눈물을 보이면 사디히 백작은 음탕한 신음을 내며 이상한 짓거리를 했다. 어린 루빈은 사디히 백작이 무슨 짓을 하는 건지도 알 수 없었다.

"좀 더 두려워해라, 루비니크."

"나, 나는, 나는 엔더스 가문의 핏줄이다! 네놈이 내게 이런 짓을 하고도 무사할 것 같은가?"

"크크크크, 내가 엔더스 가문 따위를 무서워할 것 같나? 이 지하 감옥은 흑마법으로 보호받고 있지. 대마법사 호피에스 공께서도 네놈이 이곳에 있다는 걸 알지 못할 것이다."

조용히 루빈의 이야기를 듣던 비제이가 물었다.

"사디히 백작이 가지고 있는 트레저가 뭔데?"

"그건……."

대답하려던 루빈이 갑자기 눈을 가늘게 뜨고 비제이를 째려봤다.

"내가 네놈한테 알려줄 것 같아? 의심스러워, 너. 최고의 마스터 헌터가 이곳에 갇힌 것부터가 이해가 안 돼. 사디히 백작이 보낸 거지?"

"사디히 백작이 너한테서 뭘 얻을 게 있다고 날 여기 보냈겠냐? 여긴 내가 오고 싶어서 온 거야. 내 의지에 따라."

당당하게 말하는 비제이를 보며 루빈이 중얼거렸다.

"완전 변태잖아. 이런 데를 오고 싶었다고?"

"들어봐, 루빈."

비제이는 루빈에게 그동안 있었던 연쇄 살인에 대해 이야기했다. 처음에는 시큰둥하던 루빈이었지만, 이야기가 계속되자 흥미를 보이기 시작했다. 마지막에는 어린애 같은 표정으로 돌아가 비제이에게 바짝 다가가 앉아 있었다.

"그, 그럼…… 마쥬레 백작의 딸이 감염 흡혈족이었다는 거야? 자기가 감염 흡혈족이라는 걸 들키지 않으려고 널 찾아가서 일부러 사디히 백작이 의심스럽다고 한 거고?"

감염 흡혈족.

흡혈족은 두 종류가 있다. 감염 흡혈족과 정통 흡혈족.

보통 사람들이 흡혈족이라고 부르는 것은 정통 흡혈족이었고, 감염 흡혈족의 존재를 아는 사람은 얼마 없었다.

정통 흡혈족은 인간의 피를 먹고 살긴 하지만 많이 마시진 않았다. 일주일에 한 번 정도, 한 컵 분량의 피만 마시면 족했다. 때문에 정통 흡혈족은 피를 마시기 위해 인간을 죽일 필요가 없었다. 홀려서 약간의 피를 마시고 놓아주면 그만이었다.

하지만 감염 흡혈족은 달랐다.

흡혈족의 타액(침)에 감염되어 흡혈족이 된 비운의 생명체.

그들은 정통 흡혈족과 똑같이 늙지 않고 피를 마시지만, 10년에 한 번씩은 반드시 인간의 심장을 취해야 했다. 그러지 않으면 순식간에 몸이 썩어 영원한 죽음에 묻히게 되기 때문이다.

흡혈족은 종족에 도움이 되지 않는 감염 흡혈족이 생기는 걸 방지하기 위해, 송곳니로 인간을 무는 걸 금지했다. 하지만 때로 규율을 어기는 난폭한 것들이 인간을 물어서 감염시키곤 했다.

비제이는 검붉은 눈으로 루빈을 응시하며 말했다.

"마쥬레 백작의 딸이 감염 흡혈족이었던 게 아냐. 마쥬레 백작 부인이 감염 흡혈족이었던 거지."

5장

———

감염 흡혈족과 덴저 트레저

새벽 2시.

비제이가 오라고 한 시간이 가까워진다. 레이는 사디히 백작의 저택을 주시했다.

정보부의 레이는 사디히 백작의 저택과 이어진 비밀 지하 감옥에 대해 알고 있었다. 아마도 비제이는 그곳에 갇혀 있을 것이다.

'도대체 사디히 백작과 이번 사건이 무슨 관계가 있는 거지? 변태 같은 놈이기는 하지만 살인을 저지를 놈은 아닐 텐데.'

쌔액!

갑자기 레이가 검을 빼냈다. 기척을 죽이고 다가오던 남자는 자기 목에 겨눠진 검을 보고 놀란 듯 눈을 크게 떴다.

혼치였다.

"마쥬레 백작가의 혼치인가?"

"역시 대단하십니다. 붉은 기사 헤레이스 백작님."

혼치가 여유를 가장하며 미소를 지었다.

"젊은 나이에 소드 마스터가 되어 3차 종교 전쟁에서 큰 공을 세우시고, 싸울 땐 그 모습이 보이지 않을 정도로 빨라 지나간 자리에 붉은 피의 안개만 남은 것처럼 보인다고 해서 붉은 기사의 칭호를 받으셨죠. 실제로 보니 더욱 놀랍습니다, 헤레이스 백작님."

혼치가 칭찬을 하는데도 레이의 싸늘한 표정은 변하지 않았다.

"사람을 방문하기에는 너무 늦은 시간인 것 같군. 왜 날 찾아온 거지?"

"마쥬레 백작님께서 늦은 시간까지 고생하시는 헤레이스 백작님께 차를 대접하시기를 원하십니다."

레이는 혼치를 노려봤다.

마쥬레 백작과 레이는 특별한 친분이 있는 사이가 아니었다. 비제이 때문에 조이스 타운에 자주 들렀지만, 마쥬레 백작이 레이를 초대한 건 이번이 처음이었다.

'나를 주시하고 있었다는 건, 비제이와 관련이 있는 거겠군. 사디히 백작은 헌터를 싫어하기로 유명하고 마쥬레 백작 아래

에서 일하고 있지. 그리고 마쥬레 백작의 딸인 아델리에가 비제이를 찾아갔었고…….'

머리를 굴리던 레이가 옅은 미소를 지었다.

'뭐야, 그런 거였나? 그렇다면 이쪽에서도 응해줘야겠군.'

혼치는 불길한 기분이 들었다. 아주 잠깐이었지만 레이의 얼굴에 떠올랐던 미소가 심상치 않았다.

"배, 백작님?"

"좋다, 가자."

"아, 네. 모시겠습니다."

혼치는 불안한 마음으로 지붕에서 뛰어내렸다. 레이는 조용히 혼치의 뒤를 따랐다.

혼치가 향한 곳은 수사국이었다. 마쥬레 백작은 아내가 죽은 후 집에 잘 들어가지 않았기 때문이다.

레이는 수사국 앞에 멈춰서 움직이지 않았다.

"안으로……."

혼치가 레이를 불렀지만 레이는 움직이지 않았다.

"난 사무적인 장소에서 차를 대접받을 만큼 궁한 처지는 아니네. 키리반 왕국의 영웅을 대접하고 싶다면 그만한 예의는 보여야 하는 것 아니겠나?"

오만한 말이었다.

혼치는 입술을 씰룩거리며 레이를 노려보다가 고개를 숙였다.

"마쥬레 백작님께 여쭈고 돌아오겠습니다."

혼치에게 보고를 받은 마쥬레 백작은 책상을 내리쳤다. 분
노로 인해 마쥬레 백작의 볼이 부들부들 떨렸다.

"그 어린놈이 영웅의 칭호를 받아 하늘 높은 줄 모르는군."

하지만 레이의 기분을 상하게 만들 수는 없었다. 레이는 동
맹국이자 대륙에서 가장 큰 영향력을 행사하는 키리반 왕국의
영웅이었다. 게다가 비제이를 돕기 위해 조이스 타운에 나타
났다. 레이가 움직이면 사디히 백작을 이용해 비제이를 제거
하려던 계획이 틀어지게 된다.

어쩔 수 없었다.

마쥬레 백작은 수사국에서 나와 정중하게 레이를 모셔 저택
으로 돌아갔다.

마쥬레 백작의 저택은 화려하진 않았지만 고급스러운 물건
들로 장식되어 있었다. 응접실로 향하며 레이는 꼼꼼하게 저
택 내부를 살폈다.

특히 벽에 걸린 마쥬레 백작가 인물들, 마쥬레 백작 부인과
아델리에의 초상화를 눈여겨봤다.

'역시 그런 거였군.'

응접실의 불이 밝혀졌다. 영구 라이팅 마법이 걸려 있는 마
나석이 빛을 내고 있었다.

마쥬레 백작은 세계정세와 리텐 제국의 불온한 움직임에 대

한 이야기를 하며 레이의 주의를 돌리려고 했다. 레이는 마쥬레 백작의 앞에 앉아 묵묵히 생각에 잠겼다.

'마쥬레 백작의 딸로 알려진 아델리에. 그녀가 사실은 마쥬레 백작 부인이었군. 아델리에는 병에 걸렸던 게 아니라 마쥬레 백작 부인이 가둬뒀을 뿐이었던 건가? 그리고 심장을 취할 때가 돼서 죽였을 거고…… 문제는 마쥬레 백작이 공범인지, 그저 알면서 함구할 뿐인지인데…… 어떤 식으로 엮어 넣어야 하나. 비제이가 있었으면 비열한 방법을 알려줬을 텐데.'

비제이의 비열함이 그리웠다.

레이가 고민을 하고 있을 때 천재일우의 기회가 생겼다. 아델리에가 응접실에 들어온 것이다.

"아버지, 이 시간에…… 어머?"

아델리에는 레이를 보고 놀란 듯 눈을 크게 떴다.

"손님이 계셨네요."

"아, 아델리에."

마쥬레 백작이 당황하며 소파에서 일어났다. 레이는 흥미롭게 마쥬레 백작의 행동을 지켜봤다.

마쥬레 백작은 다급히 아델리에에게 다가갔다.

"헤레이스 백작님이란다."

"아, 붉은 기사님이요?"

"그, 그래. 자, 어서 올라가서……."

"마쥬레 백작님."

마쥬레 백작이 성급히 아델리에를 내보내려 하자 레이가 일어났다.

"제게도 아름다운 분을 소개해주시겠습니까?"

"아, 그게……."

마쥬레 백작은 당황했다. 아델리에와 레이를 만나게 하고 싶지 않았기 때문이다. 하지만 소개시켜주지 않고 그냥 올려보내는 것이 더욱 의심스러울 게 틀림없었다. 마쥬레 백작은 울며 겨자 먹기로 아델리에를 레이에게 소개시켰다.

"하나밖에 없는 딸인 아델리에라오."

아델리에가 레이를 향해 고혹적인 미소를 보냈다.

"미처 예의를 갖추지 못하고 뵌 것을 용서해주세요. 아델리에라고 합니다."

폭이 넓은 치마를 손가락으로 살짝 올리며 인사하는 아델리에는 사교계의 진주라 불리는 것이 마땅할 만큼 아름다웠다. 레이는 아델리에를 향해 부드러운 미소를 지었다.

"듣던 것만큼 아름다우십니다, 마쥬레 백작 부인."

"……!"

"……!"

마쥬레 백작과 아델리에가 경악했다. 레이는 미소를 지우고 느긋하게 말했다.

"실내복을 입고 갑작스럽게 응접실로 나오게 된 이 순간에도 착용하고 계신 두꺼운 금팔찌는…… 흡혈족에게 물린 상처를 감추기 위함이십니까?"

"……그, 그게 무슨 소리요! 지금 헤레이스 경은 우리 가문을 모욕하는 것이요?"

"그리고 마쥬레 백작님께서는 사랑하는 부인이 감염 흡혈족이라는 것이 들통 날까 봐 비제이 경을 죽이려고 하신 겁니까?"

"더, 한마디만 더 하면……."

갑작스럽게 진실을 추궁받은 마쥬레 백작의 손이 덜덜 떨렸다. 마쥬레 백작은 떨리는 손을 허리에 찬 검으로 가져갔다.

"나를 모욕하는 것으로 알고 결투를 신청하겠소."

레이가 싱긋 웃었다.

"정보국의 국장인 붉은 기사가 마쥬레 백작가에서 감추려고 한 기묘한 살인에 대해 모를 거라고 생각하셨습니까?"

채앵.

마쥬레 백작이 검을 뽑았다.

마쥬레 백작은 소드 이스퍼트였다. 검에 푸른 검기가 서렸다. 하지만 레이는 미동도 하지 않았다.

아델리에는 마쥬레 백작의 뒤에서 입을 꾹 다물고 있었다.

"자기 딸을 죽이고 살리는 일에 대해서는 제가 관여하고 싶지 않습니다만은, 아무 죄 없는 비제이 경을 죽이라고 사디히 백작을 사주한 것은 용서할 수 없는 죄입니다."

"이익!"

모든 것이 들통 났다.

마쥬레 백작은 더 이상 이것저것 재볼 틈이 없었다. 키리반 왕국의 영웅 붉은 기사를 상처 입혔다가 벌어질 일에 대해서도.

부인을, 가문을, 감추고 있던 비밀을 지켜야 한다는 생각뿐이었다.

마쥬레 백작이 움직임과 동시에, 아델리에가 날카로운 송곳니를 드러내며 레이를 향해 달려들었다. 아델리에의 손톱이 길게 자라 섬뜩하게 빛났다.

그 와중에도 아델리에가 변한 모습을 본 마쥬레 백작은 심장이 무너져내렸다. 간혹 의심스럽다고 생각한 적은 있지만, 자신의 부인이 진짜로 감염 흡혈족일 줄은 몰랐기 때문이다.

그리고 레이가 사라졌다.

공격 대상이 사라지자 마쥬레 백작은 당황했다.

"어, 어디에……."

"여깁니다, 백작."

소리는 뒤에서 들려왔다. 이를 악물고 뒤를 돌아본 마쥬레 백작은, 그곳에서 펼쳐진 참혹한 광경에 검을 놓치고 말았다.

툭.

바닥에 깔린 융단에 검이 떨어졌다.

"어…… 어어……."

"흡혈족이 저를 공격하려고 하는데 가만히 있을 수는 없어서요."

침착하게 말하는 레이의 손에는 아델리에의 머리가 들려 있었다. 레이의 발 앞에는 날카로운 손톱을 드러낸 아델리에의 목 없는 몸통이 너부러져 있었다. 흡혈족의 생명력을 자랑이라도 하듯 목이 없는데도 꿈틀거리는 몸을 보며 마쥬레 백작은 털썩 주저앉았다.

"송곳니가 나왔으니 충분한 증거가 되겠군요."

악귀처럼 서늘한 눈빛이 마쥬레 백작에게 꽂혔다. 마쥬레 백작은 몸을 부들부들 떨었다.

붉은 기사.

적에게는 모래알만 한 자비도 보이지 않는 잔혹한 기사 레이.

"마쥬레 백작, 당신은 살인 은폐와 비제이 경의 살해 사주로 처벌을 받게 될 것입니다. 라트 연합 특별 수사 권한으로 당신을 체포하겠습니다."

마쥬레 백작은 아무런 반박도 하지 못했다. 눈이 풀려 있었고, 온몸은 덜덜 떨렸다.

20분 후.

명령을 받고 마쥬레 백작 저택에 들이닥친 수사국 직원들은 상관의 처참한 모습과 아델리에라고 알려진 흡혈족의 끔찍한 모습에 공포를 느끼며 마쥬레 백작을 체포했다.

말을 타고 범인 우송 마차의 뒤를 따르던 레이가 문득 비제이의 부탁을 떠올렸다. 시간은 새벽 3시 반을 넘기고 있었다. 비제이가 와달라고 부탁한 시간이 지나간 것이다.

레이는 저 멀리 보이는 사디히 백작의 저택을 응시했다.

'뭐, 알아서 하겠지.'

*   *   *

마쥬레 백작 부인이 감염 흡혈귀였다는 놀라운 사실을 들은
루빈. 경악으로 입을 쩍 벌리고 비제이를 쳐다봤다.

"그, 그럼…… 그 여자가 이번 사건의 범인인 거네. 근데 넌
왜 여기 잡혀온 거야?"

"마쥬레 백작 부인은 이번 사건이랑은 관계없어. 자기 딸만
죽였을 뿐이야. 이번 사건의 범인은 따로 있어."

"그게 사디히 백작이라는 거야?"

"그럴 수도 있고, 아닐 수도 있고. 일단 사디히 백작을 만나
보긴 해야겠는데, 정상적인 방법으로는 만날 수 없을 것 같아
서 무리수를 뒀지."

"그래서 여기로 잡혀왔다고? 웃기지 마! 이 지하 감옥에 갇혔던
인간들이 어떻게 된 줄 알아? 내 앞에서만 네 명이 죽었어!"

"어이구, 그래서 무서웠쩌?"

"뭐, 뭐야! 그런 식으로 말하지 마! 이씨……."

"걱정하지 마. 붉은 기사한테 말해뒀어. 시간이 되면 구하러
올 거야."

"붉은 기사? 헤레이스 경 말이야?"

"응."

"너…… 너 같은 놈이 어떻게 붉은 기사랑 알고 지내?"

"내가 드넓은 마음으로 헤레이스 경을 받아주었지."

"우, 웃기고 있네."

루빈은 새삼스럽게 비제이를 뜯어봤다. 키리반 왕국의 영웅이자, 대륙의 영웅인 붉은 기사에게 도움을 청할 사이라니. 붉은 기사 레이는 냉혹하여, 자신에게 득이 되지 않는 일에는 나서지 않는다고 알려져 있었다.

"그래서 탈출 방법은 재껴두고…… 위대한 루커 꼬마."

"꼬마라고 하지 말라니까!"

"사디히 백작이 가지고 있는 트레저가 뭐야?"

"그, 그건……."

가지고 있었다. 아주 위험한 덴저 트레저를.

하지만 루빈은 아직 비제이를 믿을 수 없었다. 사디히 백작이 자신을 떠보기 위해 보낸 놈일지도 몰랐다.

"내가 널 어떻게 믿어?"

"야, 야. 너 자꾸 그럴래? 여기서 널 구해줄 사람은 나밖에 없어. 말 안 해주면 붉은 기사가 구하러 왔을 때, 너 혼자 내버려두고 간다?"

"진짜 구하러 오긴 와?"

"당연하지."

비제이가 당당하게 가슴을 펴고 말했다.

"레이 녀석은 내 부하거든."

"……거짓말쟁이."

"하하하하, 아무튼 말해봐. 가지고 있어?"

루빈은 입술을 비쭉거렸지만, 별 도리가 없었다. 말하나 말하지 않으나 여기서 죽는 건 마찬가지일 것이다. 그렇다면 만에 하나 있을 기회를 붙잡아보는 것도 나쁘지 않겠지.

"가지고 있어. 알려지지 않은 건데…… 아마 덴저 트레저일 거야."

"뭔데?"

"데커 여왕의 빗."

"데커 여왕의 빗? 처음 듣는데?"

"당연하지, 애송이 헌터. 너 같은 게 문헌을 다 찾아봐야만 알 수 있는 트레저를 알 리 없잖아."

"호오, 자신만만하시군."

"데커 여왕은 인육을 즐기는 최악의 여왕이었어. 사람들이 겁을 먹고 다가오지 않게 되니까 솜씨 좋은 장인을 불러서 빗을 만들어달라고 했어. 장치를 누르면 단검으로 변하는 빗. 잡화 상인처럼 거리를 돌아다니면서, 구경하려고 하는 여자들을 찔러 죽이고 내장을 먹었대."

"뇌도?"

"응, 뇌도. 살보다 내장을 더 즐겼대. 사디히 백작이 그 빗을 머리에 꽂고 있는 걸 봤어. 여자들은 머리를 고정시키는 데도 빗을 쓰니까."

"너…… 대단하구나? 정말 굉장하네?"

"당연하지, 위대한 루커인데. 난 그냥 그걸 보여달라고 하려고 온 것뿐인데…… 이렇게 가둬둘 줄은 몰랐어."

"뭐, 비밀 감옥 주위에 흑마법으로 결계를 쳐뒀으니, 안 걸릴 거라는 자신이 있었겠지."

비제이가 주위를 둘러봤다.

슬슬 사디히 백작이 내려올 시간이 됐다. 사디히 백작이 여자들을 고문하는 시간은 새벽 3시쯤이라는 건 이미 레이에게 들어서 알고 있었다.

"널 죽일 거야. 붉은 기사가 제시간에 오지 않으면, 너 죽어."

"알아, 걱정 마."

"거, 걱정은 누가 걱정을 한다고 그래?"

비제이가 여유 있게 웃었다.

루빈은 도무지 비제이의 여유를 이해할 수가 없었다. 아무리 구하러 올 사람이 있다지만, 어떻게 저렇게 아무렇지도 않을 수 있을까. 이 안은 피비린내로 가득 차 있는데.

더 이상한 건 비제이의 그런 이유 없는 여유가 밉지 않다는 거였다.

'게다가 이 녀석 말이 사실이라면…… 우리 아버지의 하나밖에 없는 제자이기도 하고…….'

"저기……."

비제이가 철창으로 다가가서 창살을 잡고 계단을 보고 있는데, 루빈이 비제이의 옷깃을 붙잡았다.

"이거…… 여기서 주웠어. 저 구석에 묻혀 있더라."

"아, 그건!"

비제이의 표정이 밝아졌다.

"공명의 돌이네."

루빈의 손 안에 쏙 들어갈 만큼 작은 돌. 검은색의 반들반들 빛나는 돌. 비제이가 그것을 잡으려고 하자, 루빈이 얼른 뒤로 감췄다.

"주겠다고 한 적 없거든?"

"목숨이 급박한 순간에도 이런 장난을 칠 여유가 있다니, 네가 진정한 강자로다. 갑자기 노래 가사가 떠오르는군."

"미친 거 아냐? 장난치고 있는 건 너거든?"

"공명의 돌, 사용하는 거 보여줄게."

"사용할 줄 알아?"

"당연하잖아, 헌터인데. 줘봐."

"싫어!"

비제이가 더러운 감옥 바닥에 털썩 앉았다.

"알겠어. 그럼 바닥에 내려놔 봐. 만지지 않고 보여줄 테니까."

루빈은 의심스러운 눈빛을 거두지 않고 비제이와 마주 앉았다. 비제이를 완전히 믿지는 못하겠지만, 트레저를 사용하는 건 보고 싶었다. 지금까지 헌터가 트레저를 사용하는 걸 본 적이 한 번도 없었기 때문이다.

루빈이 바닥에 새까만 공명의 돌을 내려놨다. 물론 자기랑 더 가까운 곳에.

비제이는 묵묵히 공명의 돌을 응시하다가, 허리를 굽혀 볼을 바닥에 댔다.

"자, 일단 이렇게 하는 거야."

루빈도 비제이처럼 허리를 굽혀 볼을 바닥에 댔다. 역겨운 냄새가 올라왔지만, 트레저 사용을 보고 싶다는 생각에 참았다.

그때였다.

휙!

갑자기 비제이가 손을 뻗어 공명의 돌을 낚아채버린 것이다.

"뭐, 뭐야? 뭐하는 거야?"

"이 스킬은, 이름 하여 속여서 가져오기. 주지 않으려고 버티는 상대에게 사용하기 좋은 스킬이지."

속았다!

저 비열한 헌터 놈에게 속아버린 것이다.

"야! 내놔! 내 거야!"

"어허, 길드에 등록하기 전까진 소유주가 따로 없다는 거 모르나?"

"이, 씨! 이리 내놔! 내가 찾은 거란 말이야!"

루빈이 비제이에게 달려들었지만, 비제이의 재빠른 움직임을 따라잡을 수는 없었다.

"야! 달라니까! 죽을래? 이 망할 놈!"

"어이구, 얼굴은 예쁘신데 말투가 거치십니다, 꼬마 루커님."

"꼬마라고 하지 말랬지?"

루빈은 비제이에게서 공명의 돌을 뺏기 위해 난리를 치느라 사디히 백작이 아래로 내려온 것도 몰랐다.

"잘들 노는군. 죽음이 두렵지도 않은 모양이지?"

사디히 백작의 목소리에 루빈이 그대로 굳었다. 하지만 비제이는 여전히 여유가 흘러넘쳤다.

"아이고야, 이게 누구십니까? 사디히 백작 아니십니까? 변태 사디히 백작."

"훗, 그래. 죽기 전이라 무서운 게 없는 모양이군."

사디히 백작의 뒤에는 험악한 인상의 남자 세 명이 서 있었다. 그중에 한 명은 비제이를 납치한 덩치 큰 암살자였다.

비제이는 사디히 백작의 머리를 고정시킨 빗을 살펴봤다. 금으로 만들어졌고, 호화로운 보석으로 장식이 된 화려한 빗. 중앙에는 커다란 루비가 박혀 있었다.

"백작님, 그 빗 되게 아름답네요. 어디서 사셨습니까?"

비제이의 질문에 루빈의 얼굴이 하얗게 질렸다.

'저, 저 바보 놈은 어쩌자고 저런 걸 묻는 거야?'

하지만 사디히 백작은 표정 변화 없이 답했다.

"너 같은 놈에게 말해줄 이유가 없지."

"훔쳤습니까?"

"백작인 내가 무엇이 아쉬워서 훔치겠나? 선물을 받았지."

"누구한테요?"

"알아서 뭐하게? 곧 죽을 놈이."

"죽는 놈 소원은 꼭 들어줘야 한다고 하잖습니까."

"큭…… 그런가?"

사디히 백작이 차갑게 웃으며 석상처럼 서 있는 수하들에게 눈짓을 했다. 수하들은 익숙하게 움직였다.

감옥 문을 열고 들어와, 밧줄로 비제이의 목을 묶어 밖으로 질질 끌고 나갔다. 감옥 앞에는 십자가 형태의 커다란 나무 기둥이 서 있었다. 인간이 묶이기 좋은 크기의 기둥이었다.

"묶어라."

"큭……."

아무리 비제이라지만 밧줄이 목을 조르는 데는 당해낼 수가 없었다. 비제이는 목이 졸린 채 기둥에 끌어올려졌다. 팔과 다리를 밧줄로 고정시키자 다시 숨을 쉴 수가 있었다.

"콜록, 콜록."

세차게 기침을 하는 비제이를, 루빈은 겁에 질린 눈으로 쳐다봤다.

저 기둥에 묶여서 끔찍한 고문을 당하다가 죽어간 사람들이 기억났다.

"자, 그럼, 사디히 백작님. 죽을 놈 궁금증 좀 풀어주십쇼. 그 좋은 걸 도대체 누가 선물해줬습니까?"

기침을 멈춘 비제이가 넉살 좋게 물었다. 사디히 백작은 차가운 눈으로 루빈을 흘깃 쳐다보더니 비제이의 귀에 속삭였다.

"이마에 긴 흉터가 있는 남자였지."

"……."

비제이의 표정이 굳었지만, 아주 잠시였다.

사디히 백작이 눈짓하자 수하 중 한 명이 뾰족한 송곳을 가지고 왔다. 사디히 백작은 혀로 송곳을 핥으며 비제이의 몸을 위아래로 훑어봤다.

"헌터치고는 빈약한 몸이군. 뭐, 난 마른 사람을 좋아하긴 하지만 말이야. 똑똑히 봐라, 꼬마. 저번처럼 공포에 질려 날 뛰는 모습으로 날 즐겁게 해다오."

"아, 잠깐만요!"

갑자기 비제이가 외쳤다.

"죽을 놈 소원 하나만 더 들어주시면 안 됩니까?"

"……귀찮은 놈이군. 지금 당장 혀를 잘라내 줄까?"

"에이, 백작님. 죽기 전에 백작님을 칭송하는 노래 한 곡 부르고 죽으면 안 되겠습니까? 일단은 음유시인이니, 노래하다가 죽고 싶거든요."

"별 녀석을 다 보겠군."

사디히 백작은 이 와중에도 노래 타령을 하는 비제이가 황당했다. 하지만 노래를 부르던 목소리가 찢어지는 비명으로 변하는 걸 보는 것도 꽤 즐거울 것 같았다.

"좋다, 불러봐라."

"감사합니다, 백작님."

비제이는 씩 웃으며 공명의 돌을 들고 있는 손에 힘을 줬다. 그리고 큰 소리로 외쳤다.

"나 비제이가 명한다! 내 음성이 들리는 자들이여! 모두 내 앞에 무릎을 꿇어라!"

"……"

조용.

사디히 백작도, 백작의 수하들도, 공포에 질렸던 루빈까지도 입을 쩍 벌리고 비제이를 쳐다봤다. 그 순간, 다섯 사람은 똑같은 생각을 했다.

'뭐야, 이 미친놈은?'

비제이가 웃었다.

"하하하하하, 이거 참. 목 좀 풀려고 했죠. 하하하하."

"지금 날 놀리는 거냐?"

"아이고야. 그럴 리가요, 백작님."

비제이는 속으로 한숨을 삼켰다.

'역시 이걸 사용하려면 본명을 밝혀야 하나? 레이는 왜 안 나타나는 거야? 벌써 3시가 훌쩍 넘었는데. 에이 씨, 어쩔 수

없지. 저거에 찔리면 너무 아플 것 같으니까, 일단 해보자.'

비제이는 미친놈 보듯 자신을 쳐다보는 다섯 사람을 향해 빙그레 미소를 짓고는 입을 벌렸다.

"나 바스티안 폰 제르디가 명한다. 내 음성이 들리는 자들이여! 모두 내 앞에 무릎을 꿇어라!"

아까와 같은 패턴의 문장이었다.

그리고 아까와는 다른 일이 벌어졌다.

우우우우우우웅!

비제이의 음성과 공기가 공명하여 어마어마한 울림을 가지고 왔다.

지축이 흔들릴 만큼 거대한 울림.

비제이의 음성이 조이스 타운, 아니 가이안 왕국 전역을 뒤흔들었다.

"어억!"

사디히 백작은 지금 벌어지는 일을 믿을 수가 없었다. 분명 이성은 존재했다. 그러나 몸이 사디히 백작이 원하는 대로 따라주지 않았다. 비제이의 명령대로, 무릎을 굽힌 것이다.

'이럴 수가! 도대체…… 이게…… 이게 무슨……?'

비제이의 명령은 계속되었다.

"무릎 꿇은 자들이여. 나, 바스티안 폰 제르디가 명한다. 허리를 굽혀 이마를 땅에 부딪쳐 나를 경배하라!"

"으윽!"

"이잇!"

아무리 용을 써도 몸은 의지를 벗어나 제멋대로 움직였다. 기둥에 묶여 있는 보잘것없는 차림의 비제이 앞에, 무릎을 꿇고 이마를 땅에 찧는 화려한 사디히 백작과 그의 수하들. 그리고 대마법사 호페의 아들 위대한 루커 루빈까지.

루빈은 놀라웠다.

공명의 돌이 가진 힘에 대해서는 알고 있었다.

과거 부족 사회 때 대족장들이 가지고 있던 돌. 말 한마디로 부족 전체를 무릎 꿇게 하던 대족장들의 사념이 강하게 깃들어 있는 돌. 지배자의 권능을 가진 트레저.

그러나 공명의 돌은 결국 트레저였다. 그것을 사용할 힘이 없으면 아무 짝에도 쓸모없는 돌.

'도대체 비제이, 저 인간은……?'

마스터 헌터가 되기 위한 조건은 트레저의 힘 40퍼센트를 끌어내는 것. 하지만 지금 비제이가 보이는 힘은 40퍼센트를 능가했다.

'100퍼센트? 아냐, 이건…… 고유의 힘, 그 이상이야!'

루빈은 격렬한 공포를 느낀 후 찾아온 충격을 이기지 못하고 그대로 정신을 잃었다.

공명의 돌의 영향은 수사국에 있는 레이에게까지 미쳤다. 수사국 안에 있던 사람들이 갑자기 사디히 백작 저택이 있는 방향을 향해 무릎을 꿇더니, 그다음에는 바닥에 이마를 찧었다. 레이 역시 한쪽 무릎을 굽혔다.

"빌어먹을, 비제이."

우두둑.

레이는 안간힘을 써서 굽힌 무릎을 폈다.

"제기랄, 장난…… 아니군, 이거."

마법으로 보호를 받는 왕궁 안도, 조이스 타운과 멀리 떨어진 가이안 왕국 끄트머리에 있는 어느 남작의 영지까지도 비제이의 음성이 전해졌다. 그들은 원인 모를 힘에 의해 한 방향을 향해 무릎을 꿇고 고개를 조아렸다.

이것은 후에 '태양의 신 아펠론의 강림'이라는 사건으로 전해지게 된다.

비제이는 싱글싱글 웃으며 자기 앞에 납작 엎드려 있는 사디히 백작을 응시했다.

"오오, 이거 기분 괜찮은데?"

손목을 결박한 밧줄을 푸는 건 쉬운 일이었다. 비제이는 가볍게 밧줄을 풀고 기둥에서 내려왔다.

"사디히 백작, 이건 내가 가져가겠습니다."

비제이는 사디히 백작의 머리에 있는 빗을 빼냈다. 빗으로 고정했던 긴 금발이 바닥에 늘어지는데도, 사디히 백작은 움직이지 못했다.

'이익! 대체 이게……! 왜 움직일 수 없는 거지? 왜! 그리고 아까 저놈이 뭐라고 한 거야? 제르디? 바스티안 폰 제르디?'

사디히 백작의 눈에 다른 의미의 경악이 떠올랐다.

'제르디 공작의 실종된 아들이 저놈이었단 말인가?'

비제이는 놀라워하는 사디히 백작의 옆에 쭈그리고 앉았다. 이번에는 사디히 백작의 귀에만 들릴 만큼 작은 목소리로 속삭였다.

"바스티안 폰 제르디가 명한다. 사디히 백작이여, 당장 일어나 수사국으로 가, 그대의 죄를 낱낱이 고하라."

비제이가 명령했고, 사디히 백작은 그대로 따랐다.

*   *   *

정신을 차렸을 때 루빈은 비제이에게 안겨 있었다.

"뭐, 뭐야?"

"구해줬다. 고맙다는 말은 안 해도 돼."

"누가 고맙대? 내려줘!"

비제이가 군소리 없이 루빈을 내려줬다.

비틀.

갑자기 똑바로 섰더니 어지러웠다. 루빈은 비틀거리면서도 비제이를 노려봤다.

"도대체…… 아까 그건 뭐였어? 어떻게 그런 힘을 낼 수 있는 거지?"

"마스터 헌터잖아."

비제이가 대수롭잖다는 듯 어깨를 으쓱하며 대꾸했다.

"아무리, 아무리 마스터 헌터여도 그런 힘은 못 내! 그건…… 그건 정말이지……."

"굉장했지?"

비제이가 씩 웃었다.

방금 전, 대륙이 놀랄 만한 힘을 사용한 자라고는 볼 수 없을 만큼 장난스러운 미소였다. 아까 벌어졌던 일이 꿈만 같았다.

아직 어두운 조이스 타운의 귀족가(家) 거리는 평소와 달리 소란스러웠다. 마쥬레 백작이 연행되었기 때문이다.

하지만 루빈에게는 그런 게 중요하지 않았다.

"정말…… 그거 정말 네 힘인 거야? 늘 그렇게 사용할 수 있는 거야?"

"뭐, 전부 사용해보진 않았지만…… 지금까진 그랬어."

"그거 엄청 대단한 거야, 알아?"

"그런가? 난 그것보단 노래를 좀 잘하고 싶은데."

"노래가 문제가 아냐! 너 그거…… 그런 힘을 가진 사람은 없다구! 사념의 힘을 전부 끌어내다니…… 아니, 그 이상의 힘을 더하다니…… 어떻게 그런…… 정말 어떻게……."

루빈의 목소리가 흥분으로 떨렸다. 고개를 젓는 루빈을 보며 비제이가 말했다.

"루빈, 나랑 같이 가자. 네 루커의 힘을 빌려줘. 그러면 내가 트레저를 안겨줄게."

루빈이 비제이를 올려다봤다. 지하 감방에서는 잘 몰랐는데, 비제이는 생각보다 키가 컸다. 게다가 서서히 떠오르는 새벽빛 사이에 서 있는 비제이는 눈이 부시게 아름다웠다. 검붉은 머리카락이 새벽과 함께 붉게 타올랐다.

"나, 나는……."

루빈은 밖에 나가는 걸 싫어했다. 하지만 비제이가 보여준 그 힘은, 그것은 정말이지…….

망설이는 루빈의 앞에 비제이가 손을 내밀었다. 곱상한 얼굴과는 달리 굳은살이 박힌 거친 손바닥.

"같이 가자, 루빈. 나는 네 능력이 필요해."

루빈은 천천히 손을 올렸다.

문득 아버지가 했던 말이 떠올랐다.

"비제이는 네게 세상을 보여줄 것이다."

6장

신생 교단 부르드교

비제이는 눈을 감았다.

배의 흔들림이 전해졌다. 오래전, 처음 배를 탔을 때가 떠올랐다. 뱃멀미로 죽을 수 있다는 걸 알게 되는 순간이었다. 그후로도 뱃멀미는 사라지지 않아서 어지간하면 배 타는 일은 안 하려고 했었다.

'루빈 녀석, 진짜 대단하다니까.'

루빈은 비제이가 생각했던 것보다 훨씬 유용했다.

일단 루커로서의 지식이 장난이 아니다. 이제는 사라진 고대 언어를 쓰윽 읽어내고, 거기서 트레저가 되었을 법한 물건을 발견한다. 그래서 찾아가 보면 그건 진짜 트레저가 되어 있었다. 굉장한 녀석이다.

길드에서 일하는 루커를 몇 번 만나 보긴 했는데 루빈만큼 굉장한 녀석은 없었다. 그들은 그저 찾아온 트레저가 진품인지를 감정할 수 있을 뿐이다.

두 번째로, 루빈은 트레저 이외의 지식도 풍부했다. 뱃멀미가 심하다고 말했더니 '머리도 심하게 미친 놈이 멀미까지 심하다고? 진짜 심한 놈이네.' 라고 투덜거리면서 약초를 몇 개 사왔다.

약초 달인 물을 배 타기 전에 마셨더니, 뱃멀미를 전혀 하지 않았다.

'대단해, 대단해. 말버릇만 고치면 괜찮은 녀석일 거야.'

비제이는 루빈을 얻기를 잘했다고 생각하며 고개를 끄덕였다.

이번 여행길에 오른 것은 '세이렌의 하프' 때문이었다. 세이렌의 하프는 200여 년 전에 세상에 모습을 드러냈지만, 금방 사라졌다.

대단한 인물이 사람을 시켜서 훔쳐갔다는 소문이 돌긴 했지만, 비제이가 생각하기엔 세이렌이 도로 가져간 것 같았다. 세이렌의 하프는 세이렌들에게도 큰 보물이었으니까.

"비제이, 세이렌의 하프는 호티리아 섬에 있을 거야."

후딘이 운영하는 유리 공예품 전문점 '그라디아' 에 돌아와

일주일 정도 쉬고 있을 때 루빈이 말했다.

호티리아 섬.

라트 대륙 서쪽 바다인 웨스트 씨(Sea). 항구의 나라인 올타에서 배를 타고 웨스트 씨로 나가면 세 개의 큰 섬이 보인다.

데카 섬, 일루에 섬, 호티리아 섬. 바다의 세 여신의 이름을 따서 지은 섬이었다.

데카 섬과 일루에 섬은 사람이 사는 섬이었고, 호티리아 섬은 무인도였다. 호티리아 섬은 광물이 풍부했다. 올타국은 최근 호티리아 섬을 개발하겠다고 개발업자들을 보내놓은 터였다.

여하튼, 호티리아 섬에 세이렌의 하프가 있다는 말에 올타국까지 와서 배를 탄 게 한 달 반 전의 일이다. 올타국 미카 항에서 호티리아까지는 2주가 걸렸다.

'호티리아 섬이 사라졌을 줄이야.'

힘겹게 호티리아에 도착했을 땐, 상상도 못한 일이 벌어져 있었다. 호티리아 섬 자체가 완전히 사라져버린 것이다.

루빈의 말로는 이 바다 아래에 화산이 있고, 아마도 그게 폭발하면서 호티리아를 삼킨 것 같다고 했다.

배에 탄 사람들이 모두 경악을 하며 뱃길을 돌리는 수밖에 없었다.

비제이 일행은 미카 항과 가장 가까운 곳에 있는 데카 섬에서 배를 갈아탔다. 미카 항에서 출발할 때만 해도 출항하는 배가 별로 없어서 낡은 배를 선택할 수밖에 없었다. 하지만 데카 섬에는 출항 준비 중인 유람선이 많이 정박되어 있었다.

지금 비제이가 타고 있는 배는 여행용이라기보다는 유람용으로 개조된 캐러벨, 특히 부유한 상인이나 부르주아들이 많이 이용하는 배였다.

'이틀 후면 미카 항에 도착하네. 하루 정도 쉬다가 리텐 제국에 다녀와야겠다.'

비제이는 눈을 감고 상념을 지웠다. 머릿속에 하얀 물감을 떨어뜨렸다. 그것이 번져나가며 남아 있던 생각의 찌꺼기를 하얗게 물들였다.

느껴진다.

바다 위를 흐르는 마나의 기운이.

비제이는 천천히 호흡하며 마나를 향해 한 걸음 다가갔다.

작년에 3서클을 완성한 후로는 진전이 없었다. 노력을 하지도 않았거니와, 원래 비제이에게 대단한 마법사의 재능이 있었던 것도 아니기 때문이다.

마법을 가르쳐 준 사람은 대마법사 호페였다.

아홉 살에 헌터가 되기 위한 첫걸음을 뗐다. 그때 호페를 만났다.

처음으로 발견한 고요의 목침. 베고 자면 여섯 시간 동안 편하게 잘 수 있는 베개. C급의 트레저이지만, 비제이의 인생을 바꿔놓은 트레저였다.

당시 호페는 불면증에 시달리고 있었다.

어린 헌터라는 말에 흥미를 느낀 호페가 비제이를 자신의 저택으로 초대했다. 한참 이야기를 나누다가 불면증 이야기가 나왔고, 비제이는 아까움 없이 고요의 목침을 선물했다.

　쉰 살의 나이답지 않게 젊어 보이고 유쾌하던 호페는 고요의 목침을 몹시 마음에 들어하며 말했다.

　"아이야, 내 제자 한번 해볼래?"

　절대로 제자를 받지 않았던 호페. 이렇게 쉽게 제자가 될 수 있는 줄은 몰랐다.

　여하튼, 그때 호페에게서 마나를 느끼는 법, 받아들이는 법, 심장 주위에 마나의 고리를 만드는 법을 배웠다.

　2서클까지는 호페의 지도를 받아 완성할 수 있었다. 하지만 그 이후부터는 좀처럼 쉽게 되지 않았다. 계속 호페의 곁에 머물 수는 없었기에 2서클까지 완성한 후 다시 헌터의 길을 떠났다.

　'적어도 5서클까지는 완성시켜야 도움이 될 수 있어.'

　헌터를 하면서 느낀 건 자기 힘을 고스란히 보여주면 안 된다는 점이었다. 만약을 위해 숨겨놓은 한 수가 있어야 했고, 비제이에게는 바로 그것이 마법이었다.

　쾅!

　집중하고 있던 비제이는 갑작스럽게 열리는 문소리에 눈을 떴다.

루빈이었다.

"야! 후딘이 또 여자 꼬시고 있어!"

"후딘이 여자 꼬시는 게 하루 이틀 일이냐? 너도 좀 익숙해 져라."

"완전 어린애를 꼬신다구!"

루빈이 쨍쨍거렸다.

"아, 진짜, 그 녀석이 따라온다고 할 때부터가 이상했어."

여자만 보면 눈이 뒤집히는 후딘.

귀족들을 상대로 유리 공예품 전문점을 하고 있지만, 남몰 래 트레저 모조품을 만드는 최고의 트레저 페이커.

후딘은 마법사는 아니지만 마나를 다루는 능력이 뛰어났다. 그래서 트레저 모조품에 마나의 힘을 깃들게 할 수 있었다.

마석에 주문을 새겨 마법을 사용하는 것과 비슷한 원리. 하 지만 최소한의 재료로 만든 물건에 마나를 깃들게 한다는 건 대단한 능력이었다.

마나는 다루기 힘든 힘이다. 물건에 넣으면 그 물건이 뒤틀 리거나 파괴된다. 하지만 후딘은 물건에 아무런 영향도 주지 않고 마나를 집어넣었다.

아마 후딘은 대륙 최고의 트레저 페이커일 것이다.

선실에서 간판으로 이어진 계단을 올라가자, 레이의 뒷모습 이 보였다. 레이는 팔짱을 끼고 서서 어딘가를 주시하고 있었 다. 후딘이 있는 방향이었다.

까르르르르.

후딘과 함께 있는 두 소녀가 귀엽게 웃었다. 데카 섬에서 같이 탔던 기억이 있는 쌍둥이 자매였다.

"진짜요? 웬일이야! 웬일이야! 근데 후딘 님은 머리카락 색깔이 정말 예뻐요."

"하하하하, 과찬이십니다. 저야말로 두 분이 눈부셔서 감히 쳐다보기도 힘든걸요."

까르르르르.

잘들 논다.

"저 쌍둥이 자매들, 호위병 있지 않았냐?"

쌍둥이 자매 엘린, 엘자는 부유한 상인의 딸로, 둘을 지키는 호위병과 항상 함께 다녔었다. 후딘이 노릴 것 같은 부류의 예쁘장한 소녀들이었기 때문에 걱정했지만 호위병이 있어서 마음을 내려놨던 터였다.

레이는 말없이 턱으로 간판 구석을 가리켰다.

"헐……."

비제이는 벌어진 입을 다물지 못했다.

간판 구석에 차곡차곡 포개져서 잠든 호위병 네 명. 그중에 한 명은 코까지 골고 있었다.

"설마…… 여자를 꼬시려고 트레저 모조품까지 사용한 거냐?"

"난 이제 후딘을 말릴 수가 없다."

대륙의 영웅, 붉은 기사 레이가 포기했다.

"어떻게 좀 해보라구. 쪽팔려 죽겠어, 진짜!"

루빈은 도끼눈을 하고 후딘을 째려봤다.

루빈은 후딘을 좋아하지 않았다. 루빈이 처음 그라디아에 발을 들여놨을 때부터 후딘이 루빈을 놀려대며 웃었기 때문이다.

"인마, 난 네 나이 때 이미 여자들을 수십 명은 거느렸다구!"

후딘은 루빈이 동정이라고 놀렸다.

"모조품까지 사용하면서 여자를 꼬시는 거, 정말 미친 짓 아냐?"

"후후후후, 좋아. 그럼 내가 나서주지."

비제이가 가죽 주머니에서 공명의 돌을 꺼내자 루빈이 비제이를 붙잡았다.

"넌 또 왜 그걸 꺼내?"

"모르겠냐, 루빈? 난 모든 여자들이 내 앞에 무릎 꿇게 할 수 있다구."

조용히 서 있던 레이가 경멸 어린 시선을 보냈다.

"도대체 여자들을 무릎 꿇게 한 뒤에 무슨 짓을 하려는 거지? 변태가 따로 없군."

"완전 변태야. 후딘보다 더한 놈이야."

"어이! 니들이 어떻게 좀 해보라며?"

"됐다, 네놈이랑은 말도 섞고 싶지 않다."

휙.

레이가 냉정하게 몸을 돌려 계단을 내려가 버렸다. 졸지에 '후딘보다 더한 놈'이 된 비제이는 구원을 바라는 눈으로 루빈을 쳐다봤다. 루빈은 벌레 보듯 비제이를 쳐다보다가 말했다.

"뭘 봐, 이 변태야."

"이 자식이!"

비제이가 루빈을 붙잡아 머리를 마구 헝클어뜨렸다.

"으아악! 이거 놔! 이 변태야!"

"후회할 거다, 루빈. 오늘의 일은 잊지 않겠다."

"뭐래."

비제이가 킥킥 웃으며 객실로 돌아가려 하자 루빈이 얼른 비제이의 옷을 붙잡았다.

"변태라며? 왜 붙잡아?"

"나 심심하단 말이야."

루빈이 도톰한 입술을 비쭉 내밀고 투덜거렸다.

"후딘은 계속 여자들만 꼬시고, 레이는 말이 없고……."

"쯧쯧, 꼬마들이란."

"너도 꼬마잖아!"

"너보단 커."

비제이가 웃으며 귀걸이를 건드렸다.

파지직!

날카로운 소리와 함께 핑이 등장했다.

"루빈!"

"핑!"

"보고 싶었어!"

"나도오!"

이산가족 상봉이라도 하는 것처럼 부둥켜안는 핑과 루빈을 뒤로 하고, 비제이는 계단을 내려갔다.

비제이가 내려간 후, 핑이 루빈의 어깨에 앉아 다리를 흔들었다.

"바다는 오랜만이야."

"난 처음인데. 생각보다 훨씬 멋있는 것 같아. 근데 핑, 나 묻고 싶은 게 있었어."

"뭔데?"

"저기…… 하베나이툼 님은 정령사였잖아. 처음엔 너도 정령인 줄 알았는데, 아무리 봐도 넌 정령은 아닌 것 같아. 너, 혹시 하베나이툼 님 본인이야?"

"헤에……."

핑이 부드럽게 웃었다.

"나도 내가 뭔지는 잘 모르겠어. 하베나이툼인 것 같을 때도 있고, 아닌 것 같을 때도 있고……."

약간은 쓸쓸하게 들리는 목소리였다.

괜한 질문으로 핑의 마음을 상하게 했다는 생각에 루빈은 어깨를 움츠렸다.

"미안해, 핑."

"응? 아냐, 아냐. 나도 내 정체가 궁금할 때가 있는걸."

핑이 맑은 목소리로 말했다. 둘은 한동안 말없이 바다를 응시했다. 철썩, 철썩, 뱃전에 부딪치는 파도 소리가 시원했다. 후딘이 여자 꼬시는 소리만 아니라면, 완벽한 공간일 것이다.

"근데 핑, 넌 왜 '핑'이라고 불려?"

루빈의 질문에 핑의 표정이 굳었다. 늘 유쾌하기만 한 핑에게서 처음으로 보게 된 표정. 아까의 질문보다 더 잘못된 질문이라는 걸 깨닫고 사과를 하려는데, 핑이 울먹거리며 입을 열었다.

"파지직, 나타나서 핑이래."

"응?"

"제이가…… 비제이가…… 내가 파지직 나타나서 핑이래."

"뭐, 뭐야, 그게?"

"처, 처음에는…… 처음에는…… 날 뿌지직이라고 불렀었어!"

"뭐? 그, 그게 정말이야?"

"응. 나, 나 너무 괴로웠어."

"핑."

"루빈."

핑이 루빈의 가슴에 안겼다. 루빈은 핑을 다정하게 보듬어 안았다.

"도대체 비제이 그놈의 천박함은……."

"*히잉.*"

"핑, 괜찮아. 그놈은 나한테도 계속 꼬마라고 부르는걸. 우리 언젠가 그 비열한 사기꾼을 물리치는 날이 올 거야."

"*응, 응. 믿고 있어, 루빈.*"

푸에췌!

문을 열던 비제이가 재채기를 했다.

"하하하, 누가 내 칭찬을 하나? 자꾸 재채기가 나오네."

"그럴 리가."

비제이와 같은 방을 쓰는 레이는 침대에 앉아 검을 닦고 있었다. 레이의 검은 닦지 않아도 될 만큼 반짝거렸다.

"레이, 있잖아."

비제이가 은밀한 목소리를 내며 레이에게 다가가려고 했다.

휘익!

레이는 바람같이 검을 휘둘러 비제이에게 검 끝을 겨눴다.

"3미터 이상 떨어져 있어."

"어이, 어이."

"네놈은 마음 놓고 있을 때 뒤통수를 치는 놈이지."

"이 방이 3미터나 될 것 같냐?"

"구석에 딱 붙어 있으면 3미터다. 가서 붙어."

"레이, 너 날 못 믿는 거냐?"

"너 같으면 너 자신을 믿을 수 있겠냐?"

레이의 말에 비제이가 납득하고는 구석에 가서 붙었다.

"야, 레이. 저번에 조이스 타운에서 있었던 일 말이야. 그걸 좀 생각해봤었는데…… 아무래도 그 일에 타이진이 개입되어 있는 것 같아."

레이가 천천히 검을 내렸다.

"1미터까지는 와도 좋아."

"으헤헤헤."

비제이가 신나서 1미터까지 다가가자, 레이가 다급히 검을 들었다.

"아니, 30센티 뒤로 더 물러나라."

"너 친구끼리 이렇게 믿음이 없어서 되겠냐?"

"사기꾼은 경계하는 게 최선이지."

비제이는 투덜거리면서도 레이에게서 1미터 30센티 떨어진 곳에 멈췄다.

"왜 타이진이 개입되어 있을 거라고 생각하는데?"

"공명의 돌을 사용하기 전에 사디히 백작한테 물어봤어. 그 빛을 누가 줬냐고. 덴저 트레저니까 사디히 백작이 우연히 발견했을 리는 없잖아."

"음."

"사디히 백작 말로는…… 이마에 긴 흉터가 있는 놈이었대."

"……그걸 왜 이제야 말하는 거냐?"

"사디히 백작이 거짓말을 했을 수도 있고, 타이진이 사디히 백작에게 덴저 트레저를 준 이유도 알 수 없었으니까."

"그럼 지금은 사디히 백작의 말이 거짓말이 아니라는 걸 확신했고, 덴저 트레저를 준 이유를 알아냈다는 거냐?"

"덴저 트레저를 준 이유는 아직도 모르겠어."

비제이가 한숨을 쉬며 바닥에 털썩 앉았다.

"게다가 한 가지 의문이 더 생겼어."

"무슨 의문?"

"타이진이 날 찌른 거, 난 타이진이 트레저에게 먹혀서 그런 거라고 생각했거든. 그런데…… 타이진이 만약 지금도 헌터로 활동을 하고, 그래서 데커 여왕의 빗을 발견한 거라면……."

비제이의 검붉은 눈이 서글프게 빛났다.

"타이진은 정말 트레저에게 먹힌 걸까?"

"……."

레이는 대답할 수가 없었다.

비제이와 타이진은 친한 친구 사이였다. 비제이는 제르디 공작 가문의 아들이었고, 타이진은 평민이었다. 하지만 신분 제도는 둘의 사이에 아무 영향도 끼치지 못했다.

형제처럼 보일 정도로 둘은 죽고 못 살았다. 둘 다 헌터의 길을 걷게 되어서 라이벌 관계가 되었지만 그것 때문에 사이가 나빠지진 않았다.

"만약…… 만약에 말이야……."

비제이가 입에서 한숨 섞인 음성이 흘러나왔다.

"타이진이 트레저에게 먹히지 않은 거라면…… 타이진의 영혼이 온전하다면…… 도대체 타이진은 왜…… 우리 가족을 죽인 걸까?"

"비제이……."

레이는 검을 내려놓고 비제이에게 다가갔다. 쓸쓸한 표정으로 어깨를 축 늘어뜨리고 있는 비제이가 안쓰러웠다. 비제이는 늘 유쾌하게 웃었지만, 레이만큼은 그 유쾌함 뒤에 감춰진 슬픔을 읽어낼 수 있었다.

"우린 그걸 알아보려는 거잖냐. 너무 조급하게 생각하지 마라. 언젠가는 타이진을 만나게 될 거고…… 그때 타이진에게 물어볼 수 있을 거다."

레이가 비제이의 어깨를 감쌌다.

그때였다.

비제이가 싱긋 웃는가 싶더니, 갑자기 팔을 쭉 뻗어 레이의 긴 머리카락을 붙잡아 뒤로 당겼다. 머리가 휙 젖혀질 만큼 세게.

"오예! 비제이 승!"

"비제이, 너……."

"후후후후, 검사는 항상 주의를 기울여야 한다는 말을 했던 게 누구더라?"

어느 틈에 침대 위로 올라간 비제이가 방방 뛰며 레이를 비웃었다. 레이는 검푸른 눈으로 조용히 비제이를 노려보다가 바닥을 박찼다.

휙!

레이는 비제이보다 빨랐다.

"우왓!"

레이가 비제이의 손목을 잡았다. 비제이가 날렵하게 레이의 다리 사이로 자기 다리를 밀어 넣었다. 발을 걸어 넘어뜨리려 했지만, 레이에게는 통하지 않았다.

레이는 비제이의 손목을 잡은 채 번쩍 들었고, 비제이의 당찬 시도는 실패!

털썩.

비제이의 몸이 침대 위로 떨어지자 레이가 비제이의 배 위에 올라타 앉았다.

"네놈의 비열한 머리통을 개조해주마."

레이는 가차 없었다.

"하, 항복!"

"항복은 받아들이지 않겠다."

"으아! 사, 살려줘!"

레이가 비제이를 꽉 누르고 있고, 비제이는 벗어나기 위해 열심히 발버둥을 치고 있을 때.

벌컥!

문이 열렸다.

"헉!"

"……!"

핑을 어깨에 얹은 루빈은 문을 연 자세 그대로 얼어붙었다. 안 그래도 동그란 눈이 더 동그랗게 떠졌다.

루빈은 입을 쩍 벌리고 뜨거운 행위를 시작하려는 두 남자를 쳐다봤다. 루빈의 녹색 눈동자가 가늘게 떨렸다.

"미, 미, 미안해…… 나, 나는……."

루빈의 눈에 눈물이 고였다.

"나는 두 사람이 그런 사이인 줄 몰랐어! 방해해서 미안해!"

우아아아앙!

루빈이 절규하며 객실 복도를 달려갔다. 졸지에 게이가 된 레이의 얼굴이 하얗게 질렸다.

"아하하하하하."

비제이가 유쾌하게 웃었다.

"레이, 이리 와."

비제이가 두 팔을 벌렸다.

"우리, 방해받은 거 다시 시작해야지. 으흥."

대륙의 영웅, 붉은 기사 레이. 비제이의 콧소리 한 번에 혼절.

*　　　*　　　*

비제이 일행이 타고 있는 '세이렌호'의 명물인 식당. 돈 많은 평민들이 이용하는 세이렌호는 최고의 요리사들을 갖추고 있었다.

객실이나 외양은 약간 화려한 수준이지만, 식당만큼은 눈부시도록 찬란하게 꾸몄다. 반짝반짝 빛나는 샹들리에와 그 안에서 빛나는 라이팅 마법이 담긴 마석, 바닥에 깔린 푹신한 융단, 금박을 바른 번쩍이는 벽.

모든 것이 고급이었다.

"어이, 레이. 표정이 왜 그래?"

쌍둥이 자매를 양쪽에 끼고 식사를 즐기던 후딘이 물었다. 레이가 멍하니 후딘을 쳐다봤다.

"어……?"

"죽은 사람 같다, 너?"

"……어."

"야, 비제이. 저 자식 왜 저러냐?"

"히히히히, 뜨거운 사랑이라는 것을 알게 됐거든. 원래 사랑의 순간이라는 게 사람을 멍하게 만들잖냐."

레이가 비제이를 노려봤지만 곧 깊은 한숨을 쉬며 다른 곳으로 시선을 돌렸다. 루빈은 비제이, 레이와 눈도 마주치지 못했다. 스테이크를 써는 루빈의 손이 아직도 떨리고 있었다.

'몰랐어. 두 사람이…… 영웅 붉은 기사가…… 비제이처럼 비열한 놈을…… 무, 무슨 짓을 한 거지? 대체 왜…… 얼마나

뜨거웠으면…… 레이가 저렇게 멍한 거지?'

혼자서 상상의 나래를 펼치던 루빈의 얼굴이 빨개졌다.

"자아, 배불리 먹었으니 노래나 한 곡 할까?"

비제이가 일어나자 후딘이 만류했다.

"비제이, 제발 몹쓸 짓은 하지 마라."

"어이, 바람둥이. 네놈이 그런 말할 자격이나 되냐?"

"바람둥이라니! 난 그저 모든 순간에 충실한 것뿐이다. 지금 이 순간에는 이 아름다운 엘자와 엘린에게 영혼을 바쳤지."

"아잉, 뭐예요, 그게."

"웬일이야."

엘자와 엘린이 까르르 웃었다. 비제이는 질린 눈으로 후딘을 쳐다봤다.

상큼한 금발 머리에 약간은 지적으로 보이는 가느다란 눈매, 온화하게 빛나는 푸른 눈동자와 귀족적으로 보이는 굳게 다문 입술. 딱 여자들이 열광할 것 같은 외모였지만, 비제이 일행에게는 그저 '여자를 꼬시기 위해 트레저를 사용하는 멍청이'로만 보였다.

비제이는 가죽 주머니에서 하프를 꺼냈다.

모조 세이렌의 하프.

저번에 하크 헌터단과 마주쳤을 때 사용한 후 살짝 금이 간 부분을 후딘이 고쳐줬다. 이제 특별한 능력은 가지고 있지 않지만, 악기로는 유용하게 쓰였다.

디리리리링.

비제이의 손가락이 현을 타자, 식당 안에 있는 사람들이 모두 비제이를 쳐다봤다. 루빈은 미리 귀를 막았고, 레이는 멍한 와중에도 눈을 감았고, 후딘은 오만상을 찌푸렸다. 하프를 켜는 음유시인을 처음 보는 엘린과 엘자는 흥미진진하게 비제이를 쳐다봤다.

비제이는 모두가 자신을 주목하는 걸 느끼며 여유롭게 하프를 연주했다.

맑고 부드러우면서도 단호한 하프의 음율은 모두의 심금을 울렸다. 아름다운 소리가 식당 안을 가득 채우고, 연주를 듣던 사람들이 감동의 눈물을 흘리려 할 때, 비제이가 입을 벌렸다.

맛있구나, 맛있어.
스테이크가 맛있어!
너무너무 맛있어서
썰지도 않고 꿀꺽!
통째로 삼켜, 꿀꺽!

주위가 조용해졌다. 비제이가 씩 웃으며 하프를 들었다.
"자아, 다 같이!"
"……"
"……"

"미친놈."

후딘은 자신도 모르게 속마음을 내뱉었다. 쌍둥이 자매 중 장난기가 많은 엘자가 킥킥 웃었다.

"후딘 님, 비제이 님은 생긴 거랑 성격이 다른가 봐요. 되게 차갑게 생겼는데, 되게 웃겨요."

"저건 웃긴 게 아니라 그냥 정신이 나간 거죠, 아가씨."

"중상모략하지 마, 후딘."

비제이가 의자에 앉으며 말했다.

"그런데 아가씨들은 왜 대륙에 가는 거죠?"

"부르드교 신전을 직접 보고 싶어서요."

"부르드교 신전이요?"

처음 들어보는 교단이다. 비제이가 레이를 흘끗 쳐다봤다. 멍한 표정이었던 레이의 눈동자가 파랗게 빛났다.

"네, 어? 모르세요?"

"네, 전 처음 듣는데요. 부르드교라는 게 있었나요?"

"어머, 우리 데카 섬에서는 굉장히 유명한데. 부르드교에서 전도단을 보냈거든요. 사제 분들의 신성력이 대단해요."

"사제들이 신성력을 사용한다구요?"

"네, 부르드교의 상징은 파란 장미꽃이에요. 얼마나 아름다운지 몰라요. 그 꽃은 사제들만 받을 수 있는 거래요."

'파란 장미꽃?'

비제이의 뇌리에 떠오르는 것이 있었다. 하지만 불가능한 생각이었기에 곧 떨쳐버렸다.

"사실 엘린이 병이 있었어요. 어릴 적부터…… 아티멘교에
도 찾아가고, 마법사도 불러봤는데 병을 고칠 수가 없었거든
요. 그런데 부르드교의 사제 분들이 엘린의 병을 고쳐줬어요."

엘자가 엘린을 사랑스럽다는 듯 쳐다봤다. 엘린이 부드럽게
미소를 지었다.

"제 앞에서 파란 꽃을 흔들었어요. 그랬더니 몸을 꽉 누르고
있던 게 조금씩 사라지고 숨 쉬기가 편해졌어요. 밖에서 뛰어
다녀도 숨이 안 차고, 어지럽지도 않고…… 부르드교는 정말
대단해요."

꿈꾸는 듯한 표정.

레이의 표정이 점점 굳었다.

"이만 실례하지."

레이가 먼저 일어나 식당을 떠났고, 비제이가 그 뒤를 따라
나갔다. 그걸 본 루빈의 얼굴이 하얗게 질렸다.

'아, 아까 그렇게 했으면서…… 또 하려고?'

7장

———

봉인의 장소

레이의 표정이 심상치 않았다.

"레이, 부르드교라는 거 들어본 적 있어?"

"없어, 어떻게 이 대륙에 내가 모르는 교단이 생길 수 있지?"

레이는 혼란스러워 보였다. 그도 그럴 것이, 레이는 키리반 왕국의 정보국 국장이었다.

키리반 왕국은 정보력이 대단했고, 정보국의 국장인 레이는 모르는 게 없어야 마땅했다. 대륙 내에서 보이는 사소한 움직임, 작은 사건까지도 레이는 전부 파악하고 있었다.

"뭐, 우리가 섬으로 나온 후에 생긴 교단 아닐까?"

"데카 섬까지 전도사를 보낼 정도라면 그 전에 생겼다고 봐야겠지. 게다가 원인 불명의 병을 낫게 할 정도의 신성력을 갖고 있다면 내가 어디에 있든 정보가 왔어야 돼."

"흐음, 위험해질까나?"

"리텐 제국에서 알게 되면 손을 쓰겠지."

리텐 제국은 아티멘교의 교황청이 있는 나라였다.

대륙 전역에 퍼져 있는 아티멘교는 아티멘 이외의 신도 인정했다. 그러나 그 신들을 섬기는 교단을 만드는 건 용납하지 않았다.

아티멘은 모든 신들까지 다스리는 최고의 신, 신들 중의 신. 아티멘의 발치에 무릎 꿇어야 할 신들을 위해 신전을 세우는 건, 아티멘에 대한 모욕이라고 생각했기 때문이다.

"4차 종교 전쟁이 일어나는 건가?"

"내 귀에 닿지 않을 정도의 교단이라면 전쟁까지도 못 가겠지만……"

"하지만 신경이 쓰인다…… 그거야?"

"음."

레이의 눈빛이 어두워졌다.

종교 전쟁은 그 어떤 전쟁들보다도 잔혹하다. 다른 전쟁들이 희생시키는 민간인의 수보다 종교 전쟁이 희생시키는 민간인의 수가 몇 배는 더 많다.

3차 종교 전쟁 때 레이는 무수히 많은 사람을 베어야 했다.

전쟁이 끝나야만 지긋지긋한 살육도 끝나기에, 도륙하다시피 사람들을 죽였다.

대다수가 무기도 들지 않은 민간인이었다.

"레이, 종교 전쟁까지 안 갈 거야. 걱정하지 마."

"글쎄…… 신자들은 다 죽겠지. 아티멘교에서 손을 쓸 테니."

"그렇게 안 될지도 몰라."

레이가 고개를 들어 비제이를 쳐다봤다.

"너…… 뭔가 아는 게 있는 거냐?"

"뭐, 확실하진 않지만…… 거의 불가능이지만…… 일단 확인은 해봐야겠어."

"뭔데?"

"덴저 트레저."

"부르드교가 덴저 트레저랑 관련이 있다고?"

"가능성은 거의 없어. 그리고 거의 없기를 바라야 돼. 그게 만약 내가 생각하는 그 트레저라면……."

비제이가 크게 심호흡을 한 뒤 말했다.

"그거야말로 재앙이거든."

*　　　*　　　*

엘자와 엘린은 미카 항에 도착하자마자 부르드교 신전이 있다는 에니튼 시로 향했다. 비제이 일행은 항구에서 하루 더 머물기로 했다. 후딘 때문이었다.

"야! 여기까지 와서 미카 항의 명물, 생선회도 안 먹고 간다는 게 말이 되냐? 생선을 날로 먹는 거라구!"

"으엑, 생선을 어떻게 날로 먹어?"

루빈이 진저리를 쳤다. 후딘이 뭘 모른다는 듯 루빈의 어깨에 터억 팔을 걸쳤다.

"어이, 동정. 생선회라는 건 말이지, 스태미나에 좋다구. 너도 그거 먹으면 한 명의 당당한 남자가 될 수 있을 거다."

루빈이 걸려들었다.

"그럼…… 그거 먹으면 동정이라고 안 놀릴 거야?"

"그럼, 그럼."

"비제이! 우리 생선회 먹고 내일 출발하자!"

"……"

그리하여, 비제이 일행은 생선회로 유명하다는 식당에 찾아갔다.

레이는 입에 맞지 않는다며 안 먹었지만, 아무거나 잘 먹는 비제이와 당당한 남자가 되고 싶은 루빈은 생선회를 실컷 먹었다. 루빈은 두 접시나 비웠다.

후딘은 먹다가 말고 어디론가 사라졌다. 식당의 종업원도 보이지 않는 걸 보니, 그녀를 꼬시려고 사라진 것 같았다.

"루빈, 넌 어떻게 생각해? 부르드교에 대해서."

"응? 부르드교? 그냥 신기한 교단이 생겼구나, 하고 있었는데? 왜? 뭐가 문제가 돼?"

"병을 낫게 해주는 파란색 장미꽃. 뭐 떠오르는 거 없냐?"

"어? 아아, 그거."

루빈이 대수롭잖다는 듯 말했다.

"하지만 그건 이미 덴저 트레저로 등록됐잖아. 비밀 창고에 봉인해두면 아무도 건드릴 수 없지 않아? 내 생각으로는 비밀 창고를 지키는 건 드래곤인 것 같거든. 어떤 걸로도 상처를 입힐 수 없는 위대한 마법의 생물 드래곤이지만, 트레저는 마법이 아니잖아. 이건 가설이지만 난 트레저가 드래곤에게 위협이 되는 유일한 무기라고 생각하거든. 그러니까 현명한 드래곤도 트레저에 위협을 느끼고 덴저 트레저의 봉인을 자처했을지도 모른다는 거지."

비제이와 레이가 멍하니 루빈을 쳐다봤다. 루빈은 그것도 모르고 계속해서 말했다.

"트레저를 봉인한다는 것부터가 말이 안 돼. 뭘로 봉인하겠어? 우리 아버지가 인간으로서 유일하게 9서클을 완성시켰지만, 트레저의 힘을 어떻게 할 수는 없었어. 비제이 네가 주고 간 고요의 목침 있지? 아버지가 그걸로 실험을 해봤었거든. 그건 고작 C급 트레저일 뿐인데도, 온갖 마법을 이겨냈어. 가장자리가 살짝 부서지긴 했지만 그걸 베면 여전히 잠이 잘 와.

그렇다는 건, 트레저가 드래곤의 마법까지도 이겨낼 수 있다는 거 아닐까? 그런데 어떻게 인간이 트레저의 힘을 봉인하겠어?"

"어……."

"트레저의 힘을 봉인하는 게 아니라, 창고 주위에 마법으로 결계를 쳐서 허락받지 못한 자는 접근할 수 없게 만든 것뿐일 거야. 인간은 그런 공간을 만들지 못해. 그렇다면 결론은 비밀 창고가 바로 드래곤 레어 자체라는 거지. 덴저 트레저가 인간의 영혼을 먹어치우긴 해도, 드래곤의 영혼까지 먹어치우진 못할 테니까. 안 그래?"

"허어……."

"응? 왜들 그렇게 쳐다봐? 이 정도는 다들 예상하고 있었던 거 아니었어?"

비제이와 레이는 어린 천재 루커를 보며 입을 다물 수가 없었다. 루빈이 고개를 갸웃했다.

"이상하다? 다들 이 정도는 알면서도 드래곤이 관계된 일이라서 모르는 척하는 거라고 생각했는데."

"너…… 진짜 똑똑하다."

"그냥 네가 바보인 거야, 멍청아! 칭찬해준다고 감격할 줄 알아! 바보의 칭찬 따위!"

"까칠한 꼬마라고만 생각했는데…… 진짜 대단하네."

"나 이제 꼬마 아냐! 회도 먹었잖아!"

루빈이 다시 꼬마로 돌아와서 빽빽 외쳤다.

"여하튼 비밀 창고가 드래곤 레어라고 가정한다면, 한번 그 안에 들어간 덴저 트레저는 결코 밖으로 나오지 못한다는 거 네."

"응, 내 생각은 그래."

"하아, 그럼 안심해도 되겠군."

비제이가 의자에 등을 기대며 레이를 돌아봤다.

"레이, 나는 그냥 키리반으로 돌아갈래. 내가 할 일은 없을 것 같아."

"치사한 놈. 네 일이 아니라고 나만 놔두고 가겠다고?"

"내가 가서 뭐하냐? 난 그냥 헌터일 뿐이라구. 종교 문제에 끼어들 생각도, 능력도 없어."

"웃기는군. 넌 나랑 같이 가야 돼."

"도대체 왜! 에니튼 시에는 볼 것도 없잖아."

"같이 가! 무조건! 이건 명령이다."

어떻게 해서든 비제이를 데리고 가려는 레이. 그런 레이를 루빈은 떨리는 눈으로 응시했다.

'레이, 그렇게까지 비제이랑 붙어 있고 싶은 거야?'

*　　　*　　　*

"왜 날 여기까지 불러낸 거야, 아가씨? 이건 아무리 나라도 진전이 빠른 것 같은데? 우리에겐 서로 알아갈 시간이 필요하지 않을까?"

후딘이 종업원을 향해 작업용 미소를 지었다. 종업원은 얼굴을 발그레 붉히고 후딘을 쳐다봤다. 종업원은 식당 벽에 기대어 있었고, 후딘은 그런 종업원을 양팔 안에 가둔 자세였다.

"저…… 일행분 중에 머리카락 색깔이 독특하신 분이요. 혹시 마스터 헌터 비제이 님 아니신가요?"

"응?"

후딘의 표정이 굳었지만 그건 아주 잠깐이었다. 후딘은 다시 편한 미소를 지으며 대답했다.

"응, 맞아."

"아, 그렇구나."

종업원이 주섬주섬 앞치마에 달린 주머니를 뒤졌다.

'평민들 중에는 헌터의 외모까지 잘 아는 사람은 별로 없는데…… 게다가 헌터라는 걸 잘 안 드러내는 비제이를 알고 있다고? 위험해 보이는 여자로군.'

후딘은 속마음을 감추고 여전히 바람기 넘치는 미소를 짓고 있었다. 종업원은 후딘의 그런 태도에 안심했는지 주머니에 감춰뒀던 것을 꺼냈다.

눈이 시리도록 파란 장미꽃.

"당신에게 이 꽃을 드리고 싶어요."

"이럴 수가! 꽃은 내가 먼저 줬어야 했는데……."

"호호호, 전 적극적이거든요. 이 향기를 맡아보세요. 마음이 편해질 정도로 향기가 좋아요."

종업원이 후딘의 코로 장미꽃을 내밀었다. 후딘은 냄새를 맡는 척했지만 사실은 숨을 참고 있었다.

후딘은 트레저 페이커였다. 이미 알려진 트레저에 대해서는 비제이보다도 더 잘 알고 있다고 자부할 수 있었다.

이 여자가 내민 꽃은 상당히 위험한 트레저다.

'도대체 어떻게 이게……!'

후딘은 놀라움을 감추고 이 꽃을 가까이 했을 때 나타나는 반응을 연기하기 시작했다. 동공이 흔들리다가 초점을 잃고 머리가 왼쪽으로 기울었다.

후딘의 반응을 본 종업원이 만족한 듯 차갑게 웃었다. 종업원은 손바닥으로 후딘의 어깨를 톡톡 두드렸다.

"이제 됐어요."

종업원은 까치발을 들고 후딘의 귓가에 속삭였다.

"이제 당신의 삶을 사세요. 그리고 적당할 때에 비제이를 죽여요."

*   *   *

비제이가 돈을 지불하고 식당을 나갈 때였다. 후딘이 갑자기 날카로운 단검을 빼들고 비제이에게 달려들었다.

"죽어!"

하지만 후딘이 비제이를 찌르기 전, 레이가 후딘의 목덜미를 붙잡았다.

"죽이고 싶은 마음은 이해하지만 보는 눈이 많다."

아까 후딘을 불렀던 종업원이 카운터에 서서 그들을 지켜보고 있었다. 후딘이 작은 목소리로 말했다.

"얼른 날 기절시키는 척해."

"그러지."

레이는 가차 없었다. 왜냐고 묻지도 않고, 원한이라도 쌓인 것처럼 후딘의 목 뒤를 후려쳤다.

퍽!

후딘은 진짜로 기절했다.

"레, 레이, 이건 너무 심하잖아!"

갑자기 벌어진 상황에 놀라서 굳어 있던 루빈이 후딘의 옆에 쭈그리고 앉으며 외쳤다.

"비제이를 죽이려고 했다."

"너도 그 마음은 이해하잖아! 저 자식을 안 죽이고 싶은 사람이 어딨겠어?"

"그렇긴 하지. 하지만 거사를 진행하려면 은밀히 해야 하는 법."

"어이, 어이. 당사자 앞에 두고 그럴래?"

"여하튼 나가자."

레이가 축 늘어진 후딘을 가뿐하게 들어 어깨에 멨다.

"내일은 일찍 출발해야 하니까."

*   *   *

"끄응……."

후딘이 신음을 흘리며 정신을 차렸다. 레이에게 맞은 뒷목
이 아직도 욱신욱신 쑤셨다.

"야! 레이!"

식당에서 있던 일을 떠올린 후딘이 벌떡 일어나 외쳤다.

"이 망할 놈! 진짜로 기절을 시켜? 어디냐, 레이! 오늘 한번
우열을 가려보자, 새꺄!"

"레이는 운동하러 나갔는데?"

옆 침대에 누워 있던 비제이가 빙글 몸을 돌리며 말했다. 루
빈이 도도도 달려와 후딘의 침대 옆에 앉았다.

"후딘, 괜찮아?"

"아파 죽겠다. 잔인한 자식, 어떻게 친구를 이렇게까지 팰
수 있지?"

"하루 이틀이냐? 그런데 왜 날 죽이려고 한 거냐?"

"트레저에게 홀렸거든."

"그러시겠지."

"장난치는 거 아냐, 인마. 나 진짜 트레저한테 홀릴 뻔했어."

비제이가 천천히 몸을 일으켰다. 후딘은 욱신거리는 목을 문지르며 아까 있었던 일을 설명했다.

후딘의 설명을 듣던 비제이의 검붉은 눈동자가 미세하게 떨렸다. 루빈은 믿을 수 없다는 듯 입을 벌리고 있었다.

"자, 잠깐만. 그건 말이 안 돼. 그거 그냥 모조품이었던 거 아냐?"

"내가 루커는 아니라서 감정할 순 없지만…… 모조품은 아닌 거 같았어."

"하, 하지만 새파란 꽃잎의 장미라니……! 그건 비밀 창고에 봉인된 지 5년이 지났어. 만약 그게 진품이라면……."

루빈이 비제이를 쳐다봤다.

비제이가 씩 웃었다.

"재앙이지. 비밀 창고가 털렸다는 거니까."

운동을 하고 돌아온 레이도 파란 장미꽃 이야기에 합류했다. 물론 후딘과의 다정한 주먹다짐을 벌인 후였다.

"그 여자가 침잠의 장미를 가지고 있었단 말이지?"

침잠의 장미.

자연적으로는 생길 수 없는 파란 꽃잎을 가진 장미.

치명적인 향기로 냄새를 맡는 자의 정신을 지배하고, 나아가 영혼까지 갉아먹어 인간을 움직이는 시체로 만드는 꽃이었다. 침잠의 장미에게 영혼을 먹힌 인간은 평소와 똑같이 행동하지만 중요한 순간에는 소유자의 명령에 따르게 된다.

"그리고 그 침잠의 장미는, 내가 5년 전에 찾아내서 길드에 등록을 했고."

"길드 쪽에서 부정을 저질렀을 확률은 없냐?"

"차라리 길드가 부정을 저지른 거면 좋겠다. 비밀 창고가 털린 것보다는 길드 쪽 문제인 게 낫잖아."

비제이가 테이블에 다리를 턱 올려놓고 의자를 까딱거리며 말했다.

"침잠의 장미가 진짜로 무서운 게 뭔지 아냐?"

"뭔데?"

"침잠의 장미도 어차피 트레저야. 소유자가 제대로 다루지 못하면 적당히 힘을 내다가 소유자를 먹어버리고 끝. 근데 침잠의 장미는 어쨌든 생물이잖아."

"설마…… 번식이 가능하다는 말을 하려는 건 아니겠지?"

"딩동댕, 레이 1점."

비제이가 벌떡 일어났다.

"침잠의 장미를 번식시켜서 꽃을 나눠주면, 그 꽃을 가진 사람들은 전부 그 힘을 사용할 수가 있어. 덴저 트레저는 스스로 힘을 발휘하려고 하니까, 소유자가 가진 재능 여부는 상관없어. 헌터가 아니라도 사용할 수 있다는 말이야. 아마 그 종업원도 누군가에게 받았을 거야. 내 예상으로는 그 종업원은 이미 침잠의 장미에게 영혼을 먹힌 상태야. 침잠의 장미를 준 사람이 종업원에게 내가 오면 어떻게든 죽이라고 했겠지. 그런데 내 옆에는 붉은 기사가 붙어 있고. 상대가 안 되지. 그러니까 만만해 보이는 후딘을 불러서 그 꽃으로 홀린 걸 거야."

"잠깐…… 그렇다는 건 침잠의 장미에 홀려도 생각을 할 수 있다는 거냐?"

"그러니까 뭐라고 해야 하나……."

"한마디로 말하면 변하는 거야."

루빈이 비제이를 대신해서 레이에게 설명했다.

"본질이 바뀌는 거야. 만약 레이 네가 침잠의 장미에 홀리면 넌 더 이상 레이가 아냐. 레이의 생각, 습관, 기억은 다 가지고 있지만 어쨌든 레이는 아니게 되는 거야. 그러니까 양심의 가책 없이 비제이를 찔러 죽일 수 있겠지."

"유용하군."

레이가 고개를 끄덕였다.

"문제는 그 장미를 누가 줬고, 그놈은 왜 비제이를 죽이려고 하냐인데……."

"비제이를 죽이고 싶어 하는 게 한둘이야? 사기당한 놈들은 다 죽이고 싶어 할 거 아냐."

"하지만 덴저 트레저를 사용하면서까지 죽이고 싶어 할까?"

"레이, 넌 어때?"

"나라면 확실히…… 음…… 그럴지도……."

"어이, 당사자 앞에 두고 그러지 말랬지?"

비제이가 툴툴거리며 침대에 누웠다.

아무래도 낮에 그런 일이 있었던 터라, 6인용 침실을 빌렸다. 한 곳에 모여 있는 편이 나을 것 같다는 생각에서였다.

"부르드교가 더 수상해졌네. 일단 침잠의 장미 본체를 내 손에 넣으면, 번식한 것들도 내 힘으로 다스릴 수 있을 거야. 그러니까 일단 자자. 내일 아침에 일찍 출발해야 되잖아."

항구는 이른 아침부터 활기가 넘쳤다. 고기를 잡으러 나가는 어부들이 왁자지껄 떠드는 소리가 항구를 채웠다.

어부들의 노랫소리에 이끌려 비제이가 눈을 떴을 때, 레이는 이미 새벽 운동을 나갔다 온 후였다.

"일어났냐?"

"어, 운동했냐?"

"운동하러 나간 김에 마차 한 대 빌려놨다. 육두마차로."

"아아, 영광스런 대륙의 영웅 붉은 기사여. 그대를 찬미하나이다."

여섯 마리의 말이 끄는 육두마차. 귀족, 그것도 백작 이상의 귀족만 탈 수 있는 마차였다.

비제이가 잠이 덜 깬 눈으로 노래를 부르려 하자, 레이가 식겁하고는 베개로 비제이의 입을 틀어막았다.

"이 자식아, 새벽부터 사람들 괴롭게 만들래?"

"으읍! 읍! 으으으읍!"

"닥쳐!"

끄덕끄덕.

레이가 의심스러운 눈으로 베개를 치우자, 비제이가 벌떡 일어나 레이의 목에 매달렸다. 레이의 키가 비제이보다 머리통 하나쯤 더 컸기 때문에 나무에 매달린 원숭이 꼴이 되었다.

"내려와라, 비제이."

레이가 침착하게 말했다. 소용없었다. 비제이는 집요할 정도로 매달려 레이의 머리를 물어뜯었다.

"너, 이 자식⋯⋯."

은은히 퍼져 나오는 살기에 눈을 뜬 루빈. 루빈의 눈에 들어오는 비제이와 레이의 다정한 모습. 새벽부터 결코 떨어지지 않겠다는 듯 달라붙어 있는 두 사람을 보며 루빈은 눈을 감았다.

'비제이⋯⋯ 레이⋯⋯ 너희들은 정말⋯⋯.'

"그래! 여행을 나왔으면 육두마차쯤은 타줘야지."

평민이기 때문에 평생 육두마차 한번 타보지 못한 후딘은 들떠 있었다. 루빈은 어째서인지 우울한 표정으로 후딘의 옆을 걸었다. 가끔 한번씩 비제이와 레이를 향해 의미심장한 눈빛을 던지곤 했는데, 비제이와 레이는 루빈이 왜 그러는 건지 이해할 수가 없었다.

허름한 마차 대여소 앞에는 짐마차를 이용하려는 사람들이 몇 명 앉아 있었다. 짐마차가 출발하려면 최소한 여덟 명은 있어야 했기 때문에, 여덟 명이 채워질 때까지 기다려야만 했다.

하지만 비제이 일행은 이미 한 대를 빌려서 기다리지 않고 마차를 탈 수 있었다. 밤송이처럼 검은 수염을 기른 덩치 큰 남자가 사람 좋은 미소를 지으며 다가왔다.

"아까 육두마차를 빌리셨던 레이 님이시죠?"

육두마차라는 말에 대기하고 있던 사람들이 관심을 보였다. 아무리 봐도 귀족이 아닌 것 같은 비제이 일행이 육두마차를 빌렸다는 말 때문이었다.

"우리 대여소에서 제일 좋은 말들로 준비했습죠. 이 말들 여섯 마리면 에니튼 시까지 일주일 만에 도착할 겁니다요."

제일 좋은 말들이라고는 했지만, 평민들이 운영하는 대여소의 말이 명마일 리는 없었다. 다른 말들에 비해서 털 색깔이 좋고 건강해 보이는 말들 여섯 마리일 뿐이었다.

말들은 가죽 끈으로 묶여 투레질을 하고 있었다.

"수고했네."

레이가 금화 한 개를 꺼내 주인에게 던졌다. 주인은 두 손을 내밀어 금화를 받았다.

"감사합니다요."

주인 옆에서 갈색 말의 등을 두드려주던 비제이가 갑자기 뒤를 돌아봤다.

"너……"

"죽어랏!"

사람 좋아 보이던 웃음은 사라지고 없었다. 단검을 두 손으로 쥐고 비제이에게 달려드는 대여소 주인의 눈에는 생기가 없었다. 주인은 마치 비제이를 죽이기 위해 태어난 사람 같았다.

비제이는 순간적으로 땅을 박차 몸을 뒤로 뺐지만, 조금 늦었다. 주인이 휘두른 단검 끝이 복부를 방어하는 비제이의 팔을 사선으로 그었다.

쏴악!

두근.

깊이 베이긴 했지만 생명에 지장을 줄 만큼 치명타는 아니었다. 하지만 그건 다른 사람일 때의 이야기였다. 비제이에게 있어서 이 정도의 상처는 생명, 아니 영혼의 타격과도 같았다.

심장이 쿵, 쿵 강한 울림으로 비제이의 머리를 뒤흔들었다.

'아직 안 돼!'

비제이는 상체를 뒤로 둥글게 휘었다. 주인은 계속해서 비제이를 공격하려 들었지만, 이번에는 비제이가 빨랐다. 주인의 단검이 닿기 전 비제이의 몸이 뒤로 날렵하게 날아올랐다.

비제이의 몸이 뒤로 한 바퀴 빙글 돌았다.

"뭐야, 이게?"

후딘이 버럭 외쳤고, 그보다 빠르게 레이의 검이 움직였다. 항상 그렇듯 레이가 휘두르는 검은 사람들의 눈에 보이지 않았다.

쌕!

갑자기 일어난 일에 입을 쩍 벌리고 굳어 있던 사람들은 뭔가가 바람을 가르는 소리를 들었다.

데구르르.

그리고 주인의 목이 바닥에 떨어진 것을 보았다. 목이 사라진 주인의 몸통은 단검을 휘두르던 자세 그대로 무너졌다.

풀썩.

"꺄아아아아아악!"

구경하던 여자가 비명을 질렀다.

"으, 으아아아악!"

"와아아악!"

여자를 시작으로 사람들의 비명들이 시끄럽게 쏟아졌다.

"비, 비제이!"

루빈은 비제이가 왜 저렇게 고통스러워하는 건지 이해할 수가 없었다. 물론 깊이 베이긴 했지만 치명적인 상처는 아니었다. 주인이 들고 있던 단검에는 독이 묻어 있지도 않았다.

"야! 너, 뭐야? 너 헌티잖아! 뭐 이 정도 가지고 죽으려고 해?"

루빈이 비제이의 어깨를 잡으려고 하자 비제이가 거칠게 루빈을 뿌리쳤다.

팟!

지금까지 한 번도 보지 못한 비제이의 거친 행동. 루빈은 당황했다.

"떨어……져……."

비제이의 입술 사이로 짐승의 신음 같은 소리가 새어나왔다.

"저리…… 가…… 루빈……."

"비, 비제이……?"

지금 이 앞에 있는 사람이 비제이가 맞는 걸까?

루빈은 혼란스러웠다.

비제이의 검붉은 눈동자. 불길한 색이지만 루빈의 눈에는 한없이 맑고 아름답게만 보였던 그 눈동자가 더 이상 아름답지 않았다.

눈동자 안에 뭔가가 있었다. 입을 쩍 벌린 무언가.

날카로운 이를 드러내고 울부짖는, 불길하고도 불길한 무언가가 비제이의 눈동자 안에 있었다.

"뭐, 뭐야……."

루빈이 뒷걸음질을 쳤다.

비제이가 싸늘하게 웃었다.

"크……크크크……."

'저, 저건 비제이가 아냐!'

덜덜 떠는 루빈의 등에 뭔가 부딪쳤다. 루빈은 비틀거리며 고개를 돌렸다. 후딘이었다.

후딘은 심각한 표정으로 루빈의 양쪽 어깨를 붙잡았다.

"후……딘……?"

루빈은 이해할 수가 없었다.

왜 저 정도 상처에 후딘도, 비제이도, 게다가 레이까지 저렇게 심각하게 반응하는 걸까? 고작해야 팔목에 난 상처 하나일 뿐인데.

"비제이."

"크흐흐……."

비제이의 검붉은 눈동자가 핏빛으로 빛났다. 잡아먹을 것처럼 레이를 노려봤지만, 레이는 침착하게 비제이의 귀걸이를 두드렸다.

"핑! 핑, 나와!"

파직!

밝은 빛을 흩뿌리며 나온 핑은 평소처럼 장난을 치지 않았다. 두 팔을 한껏 벌려 비제이의 오른쪽 어깨를 끌어안았다.

파사아아아.

핑의 날개가 빛을 잃어갔다. 온몸에서 나오던 빛이 사라지고, 핑이 비제이의 어깨로 스며들었다.

핑이 사라졌다.

"피, 핑! 비제이?"

비제이가 쓰러졌다. 죽은 것처럼 핏기 없는 하얀 얼굴, 축 늘어진 팔.

루빈이 몸을 비틀자 뒤에 있던 후딘이 루빈의 어깨를 꽉 붙잡았다.

"진정해, 핑은 죽은 게 아냐. 내일이면 다시 나타날 거야."

"도, 도대체…… 도대체 이게 뭐하는 거야? 뭐냐구! 비제이
는 왜 저래?"

"조용히 해, 루빈."

레이가 낮게 명령하며 비제이를 안아 들었다.

마차 안에 비제이를 눕혔을 때 신고를 받은 경비병들이 달려
왔다. 숏소드를 들고 달려온 경비병들은 몸과 머리가 분리된
마차 대여소 주인의 시체를 발견했다.

"이놈들! 멈춰라!"

"무기를 버려!"

조용하던 항구 도시에 일어난 살인 사건.

혼란스러워하는 경비병들에게 레이가 자신의 신분을 나타내
는 메달을 꺼내 보여줬다.

키리반의 백작이자 붉은 기사 헤레이스 아이텐.

"부, 붉은 기사 헤레이스 백작님?"

"이 남자가 갑자기 내 일행을 공격해서 라트 연합 특별 수사
권한으로 이 남자를 처벌할 수밖에 없었다. 문제될 것 있나?"

"아, 아, 아닙니다."

경비병들이 바짝 긴장한 태도로 차렷 자세를 취했다.

"하, 하지만…… 피터는 순한 녀석이었는데…… 왜 갑자
기……."

경비병 하나가 중얼거렸다.

"저자의 이름이 피터였나? 뭔가에 홀리기라도 했나 보지. 여기에 있던 자들이 증언할 것이다."

"……."

"난 갈 길이 바빠서 먼저 떠나겠다. 문제가 생긴다면 키리반 정보국으로 연락해라. 뒷수습을 부탁한다."

레이가 눈짓하자 후딘이 루빈의 등을 밀었다. 하지만 루빈은 정신을 차리지 못하고 비틀거렸다. 후딘은 어깨를 으쓱하고는 루빈을 번쩍 들어 마차에 태웠다.

비제이 일행을 태운 마차는 에니튼 시를 향해 달리기 시작했다.

8장

올타 왕립 아카데미

　루빈은 떨리는 눈으로 비제이를 쳐다봤다. 비제이는 아직 정신을 차리지 못했다. 꼭 죽은 것 같았지만, 희미하게 움직이는 가슴 때문에 살아 있다는 걸 확인할 수 있었다.

　후딘도, 마차를 모는 레이도 말이 없었다.

　말발굽 소리와 가끔씩 들려오는 투레질 소리만이 현실에 있다는 것을 알려줬다.

　루빈은 입술을 잘근잘근 씹으며 비제이, 레이, 후딘을 차례대로 쳐다봤다.

　아직도 비제이의 변화를 이해할 수가 없었다.

　그 어떤 상황에서도 여유를 잃지 않는 비제이, 사디히 백작의 지하 감옥에 갇혔을 때조차 장난스러웠던 비제이, 그런 비제이가 팔에 난 상처 하나 때문에 짐승처럼 변해버린 게 이해가 안 됐다.

마차는 넓고 편했지만 루빈은 가시방석 위에 앉아 있는 기분이었다. 떨림이 멎질 않았다. 그만큼 비제이의 눈빛은 무서웠다.

"왜……."

루빈이 입술을 달싹거렸다. 자기 목소리 같지 않은 갈라진 음성이 흘러나왔다.

"왜……야?"

"…….."

"비제이는 왜…… 그리고 펑은…… 도대체 무슨 일이 일어난 거야?"

루빈이 절규하듯 물었지만 아무도 대답하지 않았다.

"왜냐구? 도대체 왜? 그냥 상처 하나잖아! 팔 한 번 베인 거잖아! 피도 벌써 멎었잖아! 별 상처도 아니었어, 그치? 헌터를 하다 보면 저 정도 다치는 일은 자주 있잖아. 그런데 왜…… 도대체 왜 비제이는…… 비제이는 왜……."

후딘이 루빈의 머리를 쓱쓱 쓰다듬었다.

"괜찮아, 이젠."

"뭐가 괜찮아!"

루빈이 신경질적으로 후딘의 손을 떨쳐냈다.

"안 괜찮아! 이게 뭔 지랄 같은 일이냐구! 아까 비제이는 마치······."

뒷말을 잇지 못하는 루빈 대신 후딘이 말했다.

"마물 같았냐?"

"······읏!"

"곧 깨어날 거다. 비제이한테 물어봐라."

"······."

루빈은 고개를 숙였다.

비제이한테 물어보라니. 만약 비제이가 깨어난 후에도 아까처럼 무서운 눈빛을 하고 있으면 어떻게 해야 할까?

비제이가 깨어난 건 늦은 밤이었다.

"우왓! 나 또 기절했냐?"

조용한 마차 안을 뒤흔드는 비제이의 외침에 루빈은 깜짝 놀라 비제이를 쳐다봤다.

후딘이 킥 웃으며 피고 있던 담배를 마차 밖으로 던졌다.

"그래, 기절했었다. 이 허약한 놈아."

"하하하하, 원래 기절이라는 건 미소년의 전유물이잖냐. 이 아름다움이라는 게 그냥 유지되는 게 아니거든."

"맛이 갔냐?"

다행이다. 비제이다.

루빈은 안도했지만 껄끄러움은 여전히 남아 있었다.

"주인장 아저씨는?"

"레이가 죽였다."

"그래? 레이가 마차를 몰고 있냐?"

"어쩌겠냐? 살인이 일어났는데, 누가 마차를 몰고 싶어나 하겠냐."

"그렇긴 하네. 붉은 기사가 끌어주는 마차를 타다니, 이거 영광인걸?"

"시끄러!"

마차 밖에서 레이의 투덜거리는 소리가 들려왔다.

"히히히. 야, 우리 쉬었다 가자."

넓은 도로의 가장자리에 마차를 멈췄다. 도로는 내일 반나절만 더 달리면 끝나고, 에니튼 시 부근까지 숲이 이어진다.

에니튼 시에서는 미카 항과의 길을 잇기 위해 대대적인 도로 사업을 펼쳤다. 하지만 미카 항을 찾는 사람이 생각보다 별로 없는 데다가, 3차 종교 전쟁까지 일어나는 바람에 공사를 중단했다.

도로가 끊긴 곳은 경비병들이 지키고 있었다. 숲에 출몰하는 몬스터 때문이었다.

"도로 넘어가면 귀찮아지겠네. 산적은 없으려나? 그 녀석들 등쳐 먹는 것도 꽤 쏠쏠하던데."

비제이가 말을 나무에 묶었다. 비제이는 말들의 목을 툭툭 두드려주었는데, 그중에 한 마리가 비제이와 눈이 마주치자 갑자기 날뛰기 시작했다.

푸흐응!

말이 비제이를 짓밟을 듯 벌떡 뛰어올랐다.

"비제이!"

커다란 나무 앞에 웅크리고 앉아 있던 루빈이 비명을 질렀다. 하지만 비제이는 늘 있어왔던 일인 듯 당황하지 않고 슬쩍 뒤로 물러났다.

후딘이 담배에 불을 붙이며 말에게 다가가 말의 목을 툭툭 두드렸다.

"자, 자. 진정해. 비제이가 미친놈이긴 해도 널 잡아먹진 않아. 워, 워."

"어이, 나 의외로 정상이거든?"

"그런 몹쓸 거짓말은 안 하는 게 좋다."

루빈의 옆에 서 있던 레이가 단호하게 비제이의 말을 잘랐다. 비제이가 씩 웃었다.

"레이, 먹을 것 좀 잡아다주라. 이왕이면 야들야들한 녀석으로."

"오케이."

후딘이 모닥불을 피우고 시냇가에 가서 물을 떠왔다. 비제이가 꺅꺅거리며 후딘에게 매달렸다.

"엄마."

"오냐, 아가야. 엄마는 토끼 손질을 해야 하니까 저리 가 있어라."

"엄마, 엄마. 난 구이가 좋아."

"오냐, 엄마가 다 알아서 해줄게."

후딘은 레이가 잡아온 토끼 세 마리를 능숙하게 손질했다. 가죽을 벗기고 내장을 빼낸 후딘은 굵직한 나뭇가지에 토끼를 꽂아 모닥불 위에서 굽기 시작했다. 다행히 이 근처에는 몬스터가 별로 없어서 고기를 굽는다고 귀찮은 일이 생길 리는 없었다.

고기가 점점 갈색 빛을 내며 익어가기 시작했다.

자들자글.

후딘이 늘 소지하고 다니는 양념통을 꺼내 소금과 후추를 뿌렸다. 소금과 후추는 귀족들이나 사용하는 사치품이었지만, 귀족을 상대로 가게를 운영하는 후딘은 향신료를 쉽게 구할 수 있었다.

"으아! 맛있겠다! 그런 거 있잖냐. 가게에서 먹어도 맛있거든? 근데 난 이상하게 노숙하면서 먹는 게 더 맛있더라."

"그런 걸 거지 근성이라고 하지."

레이가 쉽게 의문을 풀어줬다.

"어? 그런가?"

평소랑 똑같다. 아침에 있었던 일이 꿈이라고 생각될 만큼.

루빈은 비제이의 눈치를 보며 잘 익은 토끼 다리를 주물럭거렸다.

식사를 마친 후 비제이가 벌렁 드러누웠다.

밤의 여신 테필리아에게 축복을 받은 밤하늘엔 아름다운 별들이 후드득 떨어질 것처럼 빛나고 있었다. 나뭇가지 사이로 보이는 별빛이 노래를 하듯 흘러내렸다.

"노래 한 곡 하고 싶은 밤이구려."

"제발 좀 참아주시구려."

루빈은 누구든 아침의 일에 대해 말해주기를 바랐지만 아무도 그 일을 입에 담지 않았다. 농지거리나 하는 일행 때문에 가슴이 답답했다.

"비제이!"

결국 루빈이 입을 열었다.

"여어, 입이 딱 달라붙었는 줄 알았는데, 아니었네."

비제이가 팔베개를 하고 누운 채로 고개만 돌려 루빈을 쳐다봤다.

"비제이, 아까…… 아침에 도대체 왜 그런 거야? 넌 갑자기…… 갑자기 이상해지고…… 핑은 사라지고…… 왜 그런 거야?"

선선한 공기가 무게감을 가지고 루빈의 어깨를 짓눌렀다. 루빈의 무릎 위에서 주먹이 꽉 쥐어졌다.

비제이가 천천히 일어나 루빈을 마주 봤다.

"루빈."

비제이의 검붉은 눈동자는 평소와 다름없었다. 하지만 루빈은 아침에 봤던, 눈동자 안에 웅크리고 있던 마물이 떠올라 등골이 서늘해졌다.

"스콜피언 대거라고 알아?"

비제이의 입에서 나온 말은 대답이 아닌 엉뚱한 질문이었다.

"당연히 알지! 근데 그게 아침의 일이랑 무슨 상관이라는 거야? 내가 궁금한 건……."

"나 그거에 찔렸어."

"……!"

루빈이 숨을 삼켰다.

생각지도 못한 대답.

루빈의 눈이 커지는 걸 보며 비제이는 씁쓸하게 웃었다.

"그래, 루빈. 나 전갈의 죽음에 걸렸어."

"……거……."

루빈이 헐떡였다.

"거짓말!"

"정말."

"장난치지 마, 이 자식아! 웃기지 마! 전갈의 죽음이라니…… 그거…… 그 저주에 걸리면……."

"응, 하루 사이에 마물이 되지."

비제이가 씩 웃었다.

"내가 원래 죽여주게 노래를 잘했거든? 근데 그거에 찔려서 이 모양이 된 것 같아."

"논다, 네놈 노래는 원래 그 모양이었어."

후딘이 담배를 입에 물며 투덜거렸다. 비제이가 킬킬 웃었다.

루빈은 비제이가 한 말을 믿을 수가 없었다.

전갈의 죽음.

그 끔찍한 저주에 걸린 게 정말이라면 비제이와 후딘이 이런 식으로 장난을 칠 리 없다.

"야! 나 놀리지 말랬잖아! 말도 안 되는 저주 얘기 꺼내지 말고, 진짜로 말해봐, 쫌!"

"진짜라니까."

"진짜는 뭐가 진짜라는 거야? 전갈의 죽음이 그렇게 쉽게…… 아니잖아!"

루빈의 목소리가 떨렸다.

"정말이야, 그거 걸렸어. 근데 펑이 있어서 무사할 수 있었어. 펑이 저주를 완화시켜주거든. 하지만 저주를 풀어주는 건 아니라서, 몸에 상처가 나거나 내가 잠깐 마음을 풀면 전갈이 날뛰어. 날 먹어치우려고. 그래도 진짜 다행인 게 뭔지 아냐?"

"……."

"전갈이 내 영혼을 다 먹어치우면, 펑이든, 레이든, 후딘이든 날 죽여줄 거야. 그러니까 안심."

"……마…… 말도…… 안 돼."

"너도 해주라."

"……."

"만약 네 앞에서 내 저주가 완성되면…… 그땐 가차없이 내 목을 잘라줘."

"말도 안 되는 소리하지 마!"

퍽!

루빈이 비제이의 턱을 후려쳤다. 하지만 루빈의 힘은 강하지 않았다. 비제이가 한 손으로 턱을 슬슬 문질렀다.

"스콜피언 대거라니…… 전갈의 죽음이라니…… 뭐 그런 말도 안 되는……."

비제이는 어쩔 수 없다는 듯 한숨을 쉬고는, 윗옷을 벗었다. 맨몸이 된 비제이가 루빈에게 오른쪽 어깨를 보였다.

하얀 어깨를 수놓은 붉은 문양.

금방이라도 살아서 날뛸 것같이 생생한 붉은 스콜피언.

루빈이 숨을 멈췄다.

루빈의 녹색 눈동자가 경악과 공포, 슬픔으로 뒤덮였다. 비제이는 쓰게 웃으며 다시 옷을 입었다.

"이제 믿어?"

"……."

"그러니까 너도 약속해줘. 만약 네 앞에서 내가 마물로 변하면……."

"……왜?"

"응?"

"근데 왜 웃어?"

"잉? 웃으면 안 돼?"

"······그렇게······ 그렇게 끔찍한 게 있는데······ 왜 웃어?"

"그럼 얼마 남지도 않은 삶, 만날 울부짖으면서 보낼까?"

"왜······."

"언제 마물로 변할지 모르는 삶, 매일 저주하고 증오하면서
보낼까?"

"······."

"그것보다는 웃는 게 낫잖아. 그치?"

"우······."

"우?"

"웃기지 맛!"

루빈이 비제이를 밀치고 마차로 달려갔다.

탁.

루빈은 마차에 들어가 문을 잠갔다. 구석에 웅크리고 앉아,
무릎 사이에 얼굴을 묻었다.

비제이가 레이를 돌아봤다.

"야, 아무래도 난 웃는 얼굴이 더 매력 있지 않냐?"

"그럴 리가."

"그럼 우는 게 더 쌔끈해?"

"그럴 리가."

"루빈은······ 내가 무서울까?"

"당연한 거 아니냐? 언제 마물로 변할지 모르는데."

후딘이 중얼거렸다.

"그럼 후딘, 너도 내가 무섭냐?"

"엄청 무서워서 항상 무기를 소지하고 다닌다. 마물로 변하려는 즉시 목을 내리쳐주지."

"이야, 이거 정말 뜨거운데? 역시 네놈의 개통 같은 우정이란."

"믿음이 가지?"

비제이와 후딘이 킥킥 웃고 있을 때, 루빈은 소리 없이 절규했다.

'말도 안 돼. 말도 안 돼. 말—도—안—돼—!'

*   *   *

에니튼 시에 도착할 때까지 루빈은 비제이와 눈도 마주치지 않았다. 비제이가 자진해서 마차를 몰았기 때문에 루빈과 마주 앉아 있을 시간도 별로 없었다.

에니튼 시에 도착한 건 성문이 닫히기 직전이었다.

에니튼 시에는 올타 왕립 아카데미가 있었기 때문에 거리에는 어린 소년, 소녀들이 많이 오가고 있었다.

올타 왕립 아카데미의 학생이라는 걸 상징하는 진회색 망토. 가슴 부분에는 올리브 나무 문양이 연두색으로 새겨져 있었다.

"나, 나는…… 나는 가볼 곳이 있어."

바로 여관에 들어가려 했는데 루빈이 고개를 숙이고 더듬거리며 말했다.

"아, 그래? 어딘데?"

"너, 너는 몰라도 돼!"

루빈이 날카롭게 외치고는 그대로 달려가 버렸다. 워낙 키가 작은지라 금방 인파에 묻혀 보이지 않았다.

비제이가 어깨를 으쓱했다.

"역시 내가 무서운가?"

"너 같으면 안 무섭겠냐?"

후딘이 대수롭잖게 중얼거렸다.

비제이는 갈색 두건을 푹 눌러쓰고 있었다. 검붉은 머리카락이 사람들 눈에 띄어서 좋을 건 없었다. 레이 역시 비제이와 똑같은 모양의 두건으로 외모를 감췄다. 마음껏 움직일 수 있는 사람은 후딘뿐이었다.

4인실에 짐을 풀자마자 후딘이 밖으로 나갔다. 여자라도 꼬실 모양이라고 생각하며 비제이는 눈을 감았다.

루빈의 겁에 질린 눈이 떠오르자 마음이 편치 않았다. 나중에 좀 더 친해지면 알려주려고 했는데, 이런 식으로 알게 될 줄은 몰랐다.

루빈은 최고의 루커였다. 전갈의 죽음이 얼마나 무서운 저주인지 루빈만큼 잘 아는 사람도 없을 터였다.

'무서운 게 당연하겠지.'

만약 이대로 루빈이 떠난다면 그땐 붙잡을 수 없을 거다. 언제 마물이 되어버릴지 모르는 사람 옆에 있고 싶은 사람은 없을 테니까.

꾸욱.

침대 옆에 서서 눈을 감고 있던 레이가 검 힐트로 비제이의 이마를 눌렀다.

"쓸데없는 생각하지 마."

"레이, 어디서부터 찾아봐야 할까? 거리엔 파란 장미를 가지고 다니는 사람이 없었어. 신전이라고는 아티멘교 신전밖에 안 보였고."

"헌터들에게 걸릴 여지가 있으니 은밀하게 행동하고 있겠지. 그보다 넌 그 남자가 널 죽이려고 한다는 걸 어떻게 알았냐?"

비제이는 분명 대여소 주인이 공격하기 전 주인을 쳐다봤었다.

"안 놀라서."

"안 놀라?"

"레이, 넌 백작님이시니까 모르겠지만 평민들에게 금화 한 닢은 엄청난 거라구. 그거 하나면 일 년을 편하게 살 수 있으니까. 근데 주인아저씨는 대단한 금화를 받고서도 놀라는 눈치가 아니었거든. 최소한 '어이구야! 이런 귀한 걸! 이렇게나 많이!' 이런 반응은 보였어야 했는데 말이야."

"아직 배울 게 많군."

"여하튼 난 좀 이상한 점이 있어."

비제이가 도로 침대에서 일어나는데, 후딘이 돌아왔다. 후딘은 양손에 커다란 보따리를 하나씩 들고 있었다.

"야, 나가서 물어봤는데 부르드교는 없댄다."

"뭐?"

후딘이 테이블을 끌고 와 그 위에 보따리를 내려놨다.

"원래 이런저런 소문들은 여자들 사이에 빠르잖냐. 여자들 몇 명한테 물어보고, 가게에서도 물어보고, 술집에서까지 물어봤는데 부르드교는 들어보지도 못했대."

"역시……."

비제이가 뭔가 알겠다는 듯 고개를 끄덕였다.

"신전이 있다는 에니튼 시에는 부르드교라는 게 있지도 않고, 그런 부르드교가 데카 섬까지 전도사를 보냈다라……."

레이가 눈을 빛내며 창문으로 다가갔다. 조잡한 커튼을 치우고 바깥을 확인한 레이가 팔을 뻗었다.

후드드득.

날갯짓 소리와 함께 어디서 나타난 건지 커다란 독수리 한 마리가 레이의 팔에 앉았다. 온몸이 새까만 독수리는 레이의 팔에 머리를 비볐다.

레이가 부리 앞으로 손을 내밀자 독수리가 뭔가를 토해냈다. 손가락 한 마디 정도 크기의 작은 구슬이었다.

"수고했다, 가라."

독수리는 레이의 팔에 한 번 더 머리를 비비고는 후드드득 날아올랐다.

"전언구야?"

비제이가 관심을 보였다.

레이는 손바닥에 있는 구슬을 살살 굴리다가 자기 눈으로 가까이 가져갔다. 레이라는 것을 확인한 전언구가 낮은 음성을 내기 시작했다.

『국장님, 부르드교에 대한 것은 파악되지 않았습니다. 에니튼 시에 부르드교 신전이 있다는 것 역시 확인 불가능합니다.

파란 장미꽃에 대한 것은 확인했습니다. 에니튼 시에 있는 올타 왕립 아카데미에서 유행 중이라고 합니다.

평소 사모하고 있던 사람에게 파란 장미꽃을 주면 사랑이 이루어진다는, 어린 소녀들이 만들어낸 소문일 뿐입니다.

그 외에는 파란 장미꽃에 대한 정보가 없습니다.』

레이가 비제이를 돌아봤다. 비제이는 팔짱을 낀 채로 구슬을 응시하며 말했다.

"확실히 이상하긴 했어. 생각해봐. 누군지 몰라도 날 죽이라고 사주한 놈은 나에 대해서 아주 잘 알고 있는 놈일 거야. 그렇다면 날 죽이기가 쉽지 않다는 것도 알고 있었겠지. 내 능력은 둘째 치고, 붉은 기사가 내 옆에 있으니까 말이야. 그런데 그런 조잡한 방법으로 살인을 시도했어."

"음……."

"게다가 부르드교는 우리가 뱃길에 오른 후에 생겨났고, 곧바로 데카 섬에 전도사를 보냈어. 그래서 우연히 부르드교 신전을 가려는 쌍둥이 자매가 우리랑 같은 배에 탔지. 그럼 그게 과연 그냥 우연일까?"

"계획이었다는 건가?"

"그래, 아마 날 이 에니튼 시로 끌어들이려고 한 거겠지."

비제이가 씩 웃었다.

"저기 왕립 아카데미 안으로 말이야."

짝!

후딘이 박수를 쳐서 자기에게로 주의를 돌렸다.

"자, 자. 그래서 말인데……."

후딘이 보따리를 펼쳤다.

"변장을 해야 되지 않겠냐?"

보따리 안에는 각종 옷가지와 약초, 색색가지의 꽃들이 들어 있었다.

"일단 머리를 염색하고, 옷을 갈아입어야겠지. 고귀하신 헤레이스 백작님께서도 그 번지르르한 제복을 벗으셔야 할 거야."

레이가 인상을 찌푸렸다.

"맘에 안 들어도 어쩔 수 없어. 니들은 너무 눈에 띄거든. 어떤 게 어울릴지 몰라서 일단은 되는대로 사왔다."

색상을 입힐 수 있는 염색초에 파란색과 빨간색 꽃을 넣어 빨았더니 보라색 염색약이 만들어졌다. 후딘은 능숙하게 비제이의 머리에 보라색 염색약을 발랐다.

"야, 이거 냄새 장난 아닌데?"

"참아. 레이, 넌 금발 어떠냐?"

"네놈이랑 같은 머리를 하라고? 사양한다."

"이것 봐. 나도 염색할 거야. 일단은 비제이 일행 중 하나라고 알려졌을 거 아니냐."

"제길."

레이는 노란색 꽃을 염색초와 섞었다.

그렇게 한 시간이 지난 후.

비제이는 보라색 머리, 레이는 금발 머리, 후딘은 갈색 머리가 되었다.

레이는 몹시 마음에 안 든다는 표정으로 옷가지들을 뒤적거렸다. 백작 가문에서 태어나 늘 고급스러운 옷만 입던 레이에게 거친 재질의 천 옷은 걸레 조각으로만 보였다.

"아카데미는 아무나 못 들어갈 텐데."

"안에 도와줄 만한 사람 없어?"

"올타 쪽엔 아는 사람이 별로 없다. 누가 적인지 알 수 없으니 신분을 드러낼 수도 없고. 아! 아마 라이빈 백작이 마법학부 초대 교수로 와 있을 거다."

"라이빈 백작?"

후딘이 고개를 갸웃하자 비제이가 웃었다.

"라이빈 드 엔더스. 루빈의 형이야."

*   *   *

아카데미에 들어가기는 쉬웠다. 루빈이 신분 확인증을 내밀자 입구를 지키던 경비병이 바로 관리인에게 연락했다.

"관리인 한스라고 합니다. 라이빈 교수님의 동생이시라구요?"

"알겠으니까 빨리 날 안내해!"

"네, 네. 이쪽으로."

루빈은 한스의 뒤를 따라 라이빈의 교수실로 향했다. 미리 연락을 받은 건지 라이빈은 느긋하게 앉아서 루빈을 기다리고 있었다.

"왔냐, 아우?"

"형님!"

루빈이 눈물을 글썽거리는 모습에 라이빈은 내심 놀랐다. 루빈은 까칠하고 고집이 세서 남에게 약한 모습을 보이지 않는 아이였다. 넘어져서 무릎이 까졌을 때도 남들 앞에서는 울음을 꾹 참고 방에 들어가서야 울음을 터뜨리곤 했다.

"내가 반가워서 우는 건 아닐 테고……."

라이빈이 중얼거리는 소리에 루빈이 손등으로 눈물을 쓱쓱 닦아냈다.

"우, 울긴 누가 울었다고 그래!"

"그래서, 무슨 일이지? 헌터 비제이랑 같이 있었던 거 아닌가?"

"그, 그건……."

루빈의 눈이 두려움으로 흔들렸다.

"아, 아무튼 그런 건 형이 알 거 없어!"

"어허? 아우. 지금 내 도움을 청하러 온 것 같은데, 버르장머리가 없군."

"아니, 그게 아니라…… 형님, 나 잘할게. 나 형님한테 잘할 테니까, 내 부탁 좀 들어줘."

"어디 들어나 보자."

"나…… 이 아카데미의 도서관 좀 이용하고 싶어."

*　　　*　　　*

루빈을 학생으로 위장해서 내보낸 라이빈은 연이어 손님이 찾아왔다는 전갈을 받았다. 한스가 데리고 온 손님은 비제이 일행이었다.

라이빈은 소파에 앉은 그들을 한 명 한 명 살펴보다가 물었다.

"머리카락 색깔이 제가 듣던 것과 다르시군요."

"하하하하, 변장 중이거든요."

"변장?"

"누가 제 목숨을 노려서 말입니다. 원래 미인박명 아니겠습니까?"

라이빈이 레이를 쳐다보자 레이가 낮은 목소리로 말했다.

"원래 이런 놈이니 양해해주시면 고맙겠소."

"하하하, 좋습니다. 그래서 절 찾아오신 이유가 뭐죠?"

"일단, 루빈 여기에 왔었나요?"

비제이가 라이빈을 뚫어져라 쳐다봤다. 머리카락을 염색하
긴 했지만 검붉은 눈동자는 아직 그대로였다. 라이빈은 조용
히 비제이의 시선을 받았다.

"글쎄요."

"왔었군요. 루빈은 무사하죠?"

"그렇다고 해두죠."

라이빈은 비제이와 루빈의 사이는 걱정할 것이 없다고 여겼
다. 처음에는 비제이 때문에 루빈이 우는 건가 했는데, 부탁보
다도 먼저 루빈을 걱정하는 비제이를 보니, 루빈은 이 일행들
에게 꽤 예쁨을 받고 있는 것 같았다.

안심하는 라이빈을 향해 비제이가 말했다.

"그럼 부탁드리겠습니다. 저 좀 입학시켜주세요."

"……."

라이빈이 입을 연 건 한참 후였다.

"입학……이요?"

"네. 아, 뭐 꼭 입학이 아니라 고용이어도 좋습니다. 정원사

여도 되고, 청소부여도 됩니다. 이 아카데미 안에 있을 수 있
게 해주세요."

"도서관을 이용하고 싶어서입니까?"

"도서관이요? 아뇨, 전 책이랑은 별로 안 친한데요."

비제이가 두 손을 저었다.

'루빈이랑 같은 이유는 아닌 것 같군.'

라이빈은 찻잔을 들어올렸다.

"이유를 알고 싶군요."

"사랑과 평화를 위해서입니다."

"……아, 네."

"원래 이런 놈이니 이해해주시면 고맙겠소."

레이가 한숨 섞인 목소리로 두 번째 사과를 했다. 라이빈은
대륙의 영웅에게도 큰 근심거리가 있는 건 마찬가지라고 생각
했다.

"저 하나면 됩니다."

"신분을 감춰야 합니까?"

"반드시 감춰야 합니다."

비제이의 말에 라이빈이 미소를 지었다. 장난기가 가득 섞
인 미소.

비제이는 불안했다.

'저, 저 미소는……!'

비제이 자신이 장난치기 직전에 짓는 미소와 똑같았다.

"자……."

비제이가 '잠깐!' 이라고 외치기 전, 라이빈이 선수 쳤다.

"글쎄요, 신분을 반드시 감춰야 한다면……."

두근.

비제이는 긴장했다. 손바닥이 땀으로 축축하게 젖었다.

꿀꺽.

마른침을 삼키는 비제이를 보며 라이빈이 부드럽게 말했다.

"키리반 왕립 아카데미에서 견학 차 찾아온 학생으로 위장하시면 되겠습니다."

'뭐야? 이게 끝인가?'

비제이는 안심했다. 학생으로 위장하는 것 정도라면…….

"물론 여학생입니다."

"고맙습니다!"

"좋소!"

라이빈의 입에서 청천벽력 같은 말이 떨어지기가 무섭게, 후딘과 레이가 벌떡 일어나 동의했다. 비제이는 석상처럼 굳어 라이빈의 입술을 노려봤다.

라이빈은 어디까지나 여유를 잃지 않고 말했다.

"머리카락 색깔만 바꾼다고 해서 위장이 되는 건 아닙니다, 비제이 님. 저만 해도 비제이 님의 얼굴을 보자마자 비제이 님이라는 걸 알 수 있었으니까요. 하지만 여성들은 화장이라는 위대한 기술이 있죠. 여장을 하시고, 옅은 화장으로 얼굴을 좀 바꿔보세요. 그리고 눈동자 색깔은⋯⋯."

라이빈이 아직도 굳어 있는 비제이의 눈을 자신의 손바닥으로 덮었다.

"핑크 프린팅."

라이빈이 손을 떼자 비제이의 눈은 분홍색으로 바뀌어 있었다. 그 소녀스러운 모습에 후딘이 킬킬 웃었다.

"이런, 분홍색은 별로 안 어울리는군요. 그렇다면⋯⋯ 옐로 프린팅."

"크하하하하하."

"죄송합니다, 비제이 님. 일부러 그런 건 아닙니다. 뭔가 독특하면서도 잘 어울리는 색을 찾고 싶었던 것뿐인데⋯⋯ 역시 평범한 게 제일 좋은 것 같군요. 블루 프린팅. 아, 머리카락 색은 역시 금발이 예쁠 것 같습니다. 골드 프린팅."

"푸핫!"

하얗고 곱상한 얼굴, 사파이어처럼 파란 눈동자, 치렁치렁한 금발 머리의 인형 같은 비제이. 후딘은 대놓고 킬킬 웃었고, 레이는 고개를 살짝 돌려 눈가에 맺힌 눈물을 닦아냈다.

"아주 아름답습니다, 비셀라."

가명까지 지어 부르는 라이빈을 보며 비제이는 옆으로 쓰러졌다.

9장

———

붉은 기사의 여동생 비셀라

"키리반 왕립 아카데미에서 견학을 왔다고?"

"키리반은 올타보다 훨씬 수준이 높잖아. 여기에 뭐 볼 게 있다고 견학을 왔지?"

"그게 있잖아. 붉은 기사님의 동생이래."

"정말? 붉은 기사님한테 동생이 있었어?"

"그랬었나 봐. 아무튼 되게 인형 같대."

"웬일이야. 붉은 기사님 동생이라니. 나도 붉은 기사님 같은 오라버니를 갖고 싶어."

올타 왕립 아카데미가 떠들썩했다.

견학생이 오는 건 십수 년 만에 처음 있는 일이고, 대륙에서 가장 수준이 높은 키리반 왕립 아카데미의 학생인 데다가, 붉은 기사 헤레이스 경의 동생이기도 했으니 시끄러운 게 당연했다.

마법학부 3학년 학생들은 두근거리는 마음으로 견학생이 들어오기를 기다렸다.

마법학부 담당 교수인 카밀레는 견학생인 비셀라를 데리고 복도를 걸었다.

"헤레이스 백작님의 동생이라고 했지?"

"무엄하군요. 교수라고는 해도 일개 자작 가문인 당신이 내게 하대를 하는 것입니까?"

비셀라의 오만한 말에 카밀레는 얼굴을 붉혔다. 화가 나긴 했지만 대꾸할 말이 없었다. 비셀라는 실제로 이 학교의 학생이 아닌 견학생.

학교 교수는 학생들에게 하대를, 학생들은 교수에게 존대를 하는 게 교칙이긴 했지만, 높은 가문의 자제들은 오만하기 짝이 없었다. 올타 왕립 아카데미의 학생이 아닌 비셀라의 이러한 반응도 당연한 것이었다.

카밀레는 비셀라의 화려한 금발 머리를 노려보며 그 뒤를 따라 걸었다.

"잘 하는데?"

복도 위에 몸을 감추고 지켜보던 후딘이 중얼거렸다. 레이가 고개를 끄덕였다.

"재밌군."

"크큭, 비제이는 그냥 정줄을 놓은 것 같지?"

"그렇겠지, 아주 재밌어."

레이는 몹시 만족스러운 표정으로 비제이가 했던 말을 떠올렸다.

"보이지 않는 적은 우리를 주시하고 있을 거야. 그런데
갑자기 비셀라라는 여자가 왕립 아카데미 학생으로 들어
오니까, 의심을 하고 니들을 주시하겠지.

비셀라는 레이 네 동생이라고 해두자. 그러면 그놈도 내
가 몸을 사리고 레이의 동생을 보내 혼란시키려고 한다고
생각할 거야. 머리 좀 쓰는 놈일 테니까.

내가 비셀라가 된 이상, 암살 시도는 없겠지만 아마 놈
은 날 주시하다가 접근할 거야.

비셀라를 이용해서 우리들에게 타격을 주려고 하겠지.

내가 먼저 들어갈게. 너희 둘은 아카데미 내에 알아서
몸 좀 숨기고 있어줘."

드르륵.

교실 문이 열리자 학생들이 모두 주목했다.

카밀레는 불쾌한 표정을 감추고 화사한 미소를 지으며 교단

으로 걸어갔다.

"오늘 견학생이 온다는 건 들어서 알고 있죠? 비셀라, 이리 오세요."

비셀라가 오만해 보일 정도로 꼿꼿하게 허리를 펴고 가운데로 걸어갔다. 비셀라를 본 학생들은 자신도 모르게 탄성을 내뱉었다.

"아!"

"예쁘다……!"

허리까지 내려오는 눈부신 금발, 진주처럼 하얀 얼굴과 살짝 올라간 요염한 눈매, 사파이어처럼 영롱하게 반짝이는 푸른 눈동자.

솜씨 좋은 인형장이가 만든 것 같은, 완벽한 외모의 비셀라.

"비셀라 아이텐. 앞으로 한 달간 견학을 하러 왔습니다. 잘 부탁해요."

아이텐.

소문이 맞았다. 붉은 기사의 동생이었다.

비셀라, 아니 비제이는 지정된 자리에 앉아 주위를 둘러봤다. 학생들의 얼굴에서는 다른 점을 찾을 수 없었다.

침잠의 장미가 무서운 점이 바로 그거였다. 그것에게 홀려도 평범한 사람과 다르지 않다.

'일주일은 지나야 알 수 있으니, 원…….'

일주일이 지나면 홀린 자는 육체가 죽는다. 심장도 뛰지 않고, 호흡도 하지 않게 되는데 그 이후로도 한 달 정도는 썩지 않고 살아간다. 대신에 호흡이 멈출 지경이 되면, 침잠의 장미 본체를 손에 넣는다고 해도 그들을 구할 수가 없다.

비제이는 눈을 감았다.

교실 안에 사람 수는 교수까지 포함해서 총 서른두 명. 아니, 천장에 숨어 있을 레이와 후딘까지 포함해서 서른네 명. 호흡 수는…….

'빌어먹을!'

비제이는 침통한 표정으로 눈을 떴다.

호흡하는 사람이 다섯 명밖에 없었다.

*   *   *

아카데미 기숙사는 평민이 사용하는 기숙사와 귀족이 사용하는 기숙사 건물이 따로 나뉘어져 있었다. 겉으로 보기에는 별로 차이가 없지만, 내부는 화려하고 고급스러운 장식품들로 인테리어를 해놓고 복도 벽에는 값비싼 그림이 몇 개 걸려 있었다.

평민과 귀족의 불평등함을 아카데미 내에서는 느끼게 하지 않겠다는 취지로 설립된 학교지만 결국 아카데미도 사회와 다를 게 없었다.

비제이는 당연히 귀족 기숙사로 배정을 받았고 왕이나 공작, 후작의 자제들에게만 배정되는 1인실을 사용하게 되었다.

'비셀라'의 오빠인 붉은 기사 헤레이스의 명성 때문에 비제이가 1인실을 사용하게 된 점에 대해 불만을 제기하는 이는 없었다. 오히려 당연하다는 반응이었다.

기숙사 1층엔 매점과 응접실, 오락실이 있었다. 평민 기숙사는 1층부터 방이 있는 것에 비해 귀족 기숙사에는 즐길 거리가 꽤 많은 편이었다.

헤레이스의 동생, 비셀라가 온다는 연락을 받은 사감은 비제이가 기숙사 근처에 오기 전부터 입구에 서서 기다리고 있었다.

"오락실에서는 카드와 체스, 그리고 간단한 다과를 즐기실 수 있습니다. 만약 달리 원하시는 것이 있을 경우엔 여기에 있는 노트에 작성해주시면 심부름꾼이 담당 교수님의 허락을 받은 후 사오게 됩니다. 여기는 편하게 쉬실 수 있는 응접실인데 혹시 뭔가 드시고 싶으실 때는 여기에 있는 종을 울려주시면 됩니다."

비제이는 응접실 내부를 쭉 둘러봤다.

이제 막 잡은 것처럼 생생한 호랑이 가죽이 바닥에 깔려 있고, 소파는 고급 가죽 재질로 만들어졌다. 널찍한 공간 왼쪽에는 사람 크기의 드래곤 조각상이 장식되어 있었다.

"잘 알았어요. 이제 가서 쉬세요."

사감이 돌아가자 응접실 안에서 소곤거리던 학생들이 비제이에게 다가왔다. 그들은 호기심 반, 경외심 반의 시선을 보내며 조심스럽게 비제이에게 말을 걸었다.

"안녕하세요, 비셀라 님. 전 자작 가문의 에이라 제루벨입니다."

"안녕하세요, 저는 남작 가문의 펠로 필릭스입니다."

너도나도 비제이의 눈에 들기 위해 상냥하고도 예의바르게 인사를 해오는 걸 보며 비제이는 속으로 웃었다.

"앉아도 좋아요."

비제이의 말이 떨어지기가 무섭게 학생들이 비제이의 주위에 앉았다. 모두 눈을 반짝반짝 빛내며 비제이를 쳐다봤다.

"저…… 비셀라 님."

"왜 그러죠? 저한테 묻고 싶은 거라도 있나요?"

"네, 저기……."

자신을 올리비에라고 소개한 소녀가 얼굴을 발그레 물들이며 머뭇거렸다. 비제이는 상냥하게 말했다.

"괜찮으니 어서 말해봐요."

"네, 저…… 저는 헤레이스 기사님을 동경하고 있어요. 그래서 저……."

옆에 있던 소녀 하나가 동감한다는 듯 작게 한숨을 내뱉었다. 비제이는 씩 웃으며 부채로 입을 가렸다.

'아니지, 이렇게 웃으면 안 되지.'

비제이는 표정을 여성스럽게 바꿔서 요염한 눈으로 그들을 한 명 한 명 돌아보며 물었다.

"다들 우리 오라버니에 대해 듣고 싶어서 온 건가요?"

"네? 아, 네……."

"헤레이스 기사님은 대륙의 영웅이시잖아요. 알려진 건 거의 다 소문일 뿐이고……."

"사실 저희들은 헤레이스 님께 비셀라 님처럼 아름다운 동생이 계셨는지도 몰랐는걸요."

"헤레이스 님에 대해서 조금이라도 더 알고 싶어요."

레이를 궁금해하는 것은 소녀들뿐이 아니었다. 기사학부의 소년들 역시 자신들의 우상이자 선배격인 헤레이스에 대해 알고 싶어서 호기심 어린 눈을 빛내고 있었다.

비제이는 그들을 쭉 둘러보며 기품 있는 미소를 지었다. 그걸 보며 소년들은 얼굴을 붉혔고, 소녀들은 감탄사를 내뱉었다.

'아, 정말 예쁘다.'

'헤레이스 님의 핏줄은 뭔가 달라도 달라.'

'나도 저렇게 아름다울 수 있다면…….'

비제이는 푸른 비단 부채를 살랑살랑 흔들며 의미심장하게 웃었다.

응접실 천장에서 상황을 지켜보던 레이는 속이 바짝바짝 타들어가는 것 같았다. 트레저고 뭐고 간에 일단 내려가서 비제이의 입을 틀어막아야만 한다는 생각이 들었다. 비제이의 입에서 나올 말들이 예상이 됐기 때문이다.

"좋아요. 당분간이기는 하지만 한동안 한 아카데미에서 공부를 할 분들이니 오라버니에 대해 알려드리겠어요. 지금부터 하는 말은 약간의 거짓도, 과장도 섞이지 않았다는 걸 알아주세요."

소녀들은 기도하는 것 같은 자세로 가슴에서 두 손을 꼭 모아 쥐었고, 소년들은 한마디도 놓치지 않으려고 비제이의 입술에 집중했다.

"우리 오라버니께서는 밖에 다니실 땐 하늘색 제복을 멋있게 입고 다니시지요. 푸른 망토가 펄럭일 땐 하늘을 나는 새처럼 보인다며 칭송하는 분들도 많이 있더군요. 그게 그렇게 멋있다지요?"

"맞아요, 맞아요! 저 딱 한 번 본 적 있는데…… 눈물이 날 정도였어요."

"후후후, 하지만 그거 아시나요? 겉모습이 멋있다고 해서, 내면까지도 아름다운 건 아니랍니다."

레이는 눈을 감았다. 더 이상 듣고 싶지 않았다. 앞으로 벌어질 상황을 알면서도 막지 못하는 현실이 부당하게 느껴졌고, 운명의 신인 테레리스가 원망스러웠다.

어찌하여 테레리스께선 이렇게나 괴로운 운명과 마주하게 만드셨단 말인가.

비제이가 여장하는 걸 비웃어주는 것에 대한 대가치고는 너무 가혹했다. 비제이라는 인간을 너무 쉽게 생각했다. 경계를 늦추지 말았어야 했는데.

"헤레이스 오라버니께서는 몹시 폭력적이시지요. 지나가던 개를 붙잡아서 하늘로 던지는 건 물론이거니와, 가만히 앉아 차를 마시는 저에게 발길질을 하시고, 와인에 취해서 술주정까지 하시는 분이랍니다. 술버릇이 고약해서 술만 마시면 그야말로 고블린처럼 변하지요. 식기도 사용하지 않고 손으로 고기를 뜯어 드시다가 나중에는 그것도 귀찮은지 접시에 얼굴을 처박고 드신답니다. 혼자 흥에 겨우면 갑자기 검을 뽑아들고 검무를 추겠다며 난리를 치는데…… 그게 얼마나 흉포한지…… 그것뿐이면 다행이게요? 잠버릇은 또 얼마나 고약한지…… 코 골고 이 가는 소리 때문에 우리 가족이 함께 살 때는 다들 잠을 자지 못해서 눈 아래가 퀭했지요."

레이가 꾸욱 주먹을 쥐었다.

후딘은 안쓰럽다는 듯 레이를 바라보다가 결국 눈물을 글썽이며 레이의 어깨를 두드렸다. 무슨 일이 있어도 표정이 바뀌지 않던 레이였다. 그런 레이의 눈두덩이 빨개지다니.

레이가 조용히 후딘을 바라봤다.

"어째서…… 테레리스께선……."

"괜찮아. 너에게도 언젠가는 아펠론께서 빛의 축복을 내려주실 거다. 아주 먼 미래가 되겠지만……."

"……."

레이가 운명의 여신 테레리스를 원망하든 말든, 비제이는 신난 상태였다.

라트 대륙 영웅의 끔찍한 실태에 소녀들은 가슴에 손을 얹고 헐떡였고, 소년들은 오만상을 찌푸렸다. 비제이는 몹시 만족스러운 표정으로 말했다.

"후후후, 여러분. 이게 끝이 아니랍니다."

  ＊   ＊   ＊

비제이의 개인 방은 굉장히 편안하게 꾸며져 있었다. 평민들은 꿈도 못 꿀 금으로 도금한 침대. 그 위로 얼음으로 덮인 대륙 북쪽에서만 산다는 희귀한 오리 깃털로 보료가 깔려 있었다. 빛이 잘 들어오는 창문에는 나풀거리는 실크 커튼이 있었고, 그 왼쪽에 책장과 겸용인 책상이 놓여 있었다.

하지만 비제이는 언제까지나 '소녀'이기 때문에 그 방은 전부 핑크빛이었다.

어쨌든 비제이는 오랜만에 푹신한 침대에서 잔다는 생각에 기분이 좋아졌다. 덴저 트레저 관련 일이기는 하지만 이렇게 편하게 잘 수 있다면 나쁘진 않다.

"흐아! 좋⋯⋯."

푹!

'⋯⋯다.'라고 말하려는 비제이의 얼굴 바로 옆에 스치듯 꽂히는 검. 어느새 천장에서 내려온 레이가 위협적으로 비제이를 노려보고 있었다.

"아잉, 오빠앙. 나 죽을 뻔했잖아앙."

"……닥……쳐……."

"그래, 닥쳐. 닥치는 게 좋겠어, 비제이."

탁.

후딘이 레이의 옆에 내려서서 고개를 절레절레 흔들며 말했다.

"솔직히 진짜 못 봐주겠다. 야, 내가 꽤나 비위가 강하다고 생각했었는데 말이지…… 너의 그건……."

"어머어머, 후딘이라고 했나요? 아무리 오라버니의 친구라지만 일개 평민 따위가 그런 식으로 대하는 건 참을 수 없습니다. 오라 버니, 당장 저를 모욕한 저놈의 입을 다물게 해주세요!"

"다물어야 할 건, 너다. 비제이."

레이가 으르렁거렸다.

"아잉, 오빠앙. 하나밖에 없는 귀여운 여동생이 사랑스럽지 도 않나요?"

"비……제……이……."

레이는 정말 참을 수 없는 듯했다. 하얗게 질린 얼굴로 비제 이를 노려보던 레이가 침대에서 검을 뽑아 검집에 집어넣었 다. 레이는 비제이를 진심으로 한 대 때리고 싶었지만 간신히 참았다.

'그래, 저놈에게 여장을 시킨 내 잘못이겠지. 그 대가가 클 거라는 걸 미처 생각 못 했다.'

레이는 고개를 저으며 침대에 앉았다.

"이야, 이 침대 죽인다."

후딘이 어느새 비제이의 옆에 누워서 뒹굴었다.

"장난 아닌데? 귀족들은 다들 이런 침대에서 자나? 레이, 너도 이런 거 깔고 자냐?"

"……."

"아, 좋다. 아름다운 여인만 옆에 있으면 딱 좋은데."

"어머, 제가 옆에 있잖아요. 딘."

"제발 그 짓 좀 그만 해줄래? 부탁이다, 비제이."

"오호호호호."

비제이가 손등으로 입을 가리고 웃었다.

"비제이, 그냥 여장 그만둬라."

레이가 참지 못하고 말했다. 비제이는 눈을 동그랗게 뜨며 고개를 옆으로 기울였다.

"오라버니, 여장을 그만두라니요. 그럴 순 없지요, 호호호. 코르셋은 좀 불편하지만 오라버니께 예쁘게 보이고 싶어서 챙겨 입었답니다. 자, 대륙의 영웅, 아름다운 붉은 검의 기사 헤레이스 오라버니. 어서 여동생을 찌인하게 안아주세요."

"윽……."

레이가 진저리를 치며 비제이에게서 떨어졌다.

"장난 그만 치고, 알아낸 거나 말해봐. 안 그러면 그냥 간다."

"어휴, 매정하긴. 알았어, 알았어."

비제이가 벌러덩 드러누웠다.

"일단 마법학부 학생들 중에는 호흡하는 애들이 별로 없어. 그런데 이상하게 다른 학부 애들 중에서는 호흡하는 애들이 많단 말이지. 그래서 마법학부 내에서 그 꽃이 퍼졌을지도 모른다는 생각이 들어."

비제이가 갑자기 생각난 듯 일어나 책장으로 가서 책 한 권을 꺼내들었다. 단단하고 질긴 가죽으로 표지를 만든 두꺼운 책이었다.

"그게 뭐냐?"

후딘이 담배를 입에 물다가 레이에게 뺏기곤 뾰로통한 표정으로 물었다.

"학교 교칙."

비제이는 책장을 넘기며 아까 하던 이야기를 계속 했다.

"그래서 의심이 되는 게 마법학부 교수 카밀레야. 카밀레는 분명 호흡하고 있었고, 아이들에게 접근할 방법도 많아. 교수인 카밀레가 나누어줬다면 아이들은 의심하지 않고 받았을 거고 말이야. 일단 카밀레의 눈을 제대로 읽어보면 홀렸는지 아닌지 알 수 있을 텐데, 괜히 그랬다가 의심을 받을까 봐 가까이서 못 보겠다."

"카밀레라면 머리가 빨갛고 성격 있어 보이는 교수 말이지?"

후딘이 관심을 보였다.

"응, 꼬실 생각은 하지 마."

"쳇, 내가 상황 판단도 못 하고 허구한 날 여자만 꼬시는 줄 아냐?"

"응."

비제이와 레이가 단호하게 고개를 끄덕였다. 구시렁거리던 후딘이 생각난 듯 말했다.

"아, 비제이. 지금 별달리 할 일 없으면 잠깐 시내에 다녀와도 되겠냐?"

"왜? 예쁜 여자라도 발견했냐?"

"이봐요들, 다시 한 번 묻겠지만 내가 여자만 보면 환장하는 놈인 줄 아쇼?"

"넌 딱 그런 놈이다, 후딘."

레이가 진지하게 대답했다.

"오냐, 고맙다. 상점에 가서 물건들 좀 사야겠어. 여긴 미카 항이랑 가까워서 바다에서 난 물건들이 싸거든. 모조품으로 만들 만한 것들 좀 사와야지."

"아, 딘. 그럼 시내에서 만나자. 나도 나가볼 거거든."

"넌 왜? 아카데미에 있어야지."

"몇 가지 알아볼 게 좀 있어서. 레이, 너도 같이 나가자. 우리 간만에 술 한 잔 해야지."

"어린놈이 무슨 술이냐. 관둬."

성인식을 하는 나이는 나라마다 달랐지만 보통 스물한 살에
하는 것이 관례였다. 성인식을 하고 나면 관청에서 구리로 만
든 메달을 하나 주는데, 이것이 있어야만 술이나 담배를 살 수
있고, 통행증도 쉽게 구할 수 있다.

비제이는 이제 막 스무 살이 되었고, 성인식을 하려면 아직
도 1년이나 남았다.

비제이가 레이의 어깨에 팔을 걸치며 말했다.

"어이, 기사 양반. 이거 서운하게 왜 이러시나? 우리 같이
산 날이 얼만데?"

"어린놈이."

"나도 내년이면 성인이라는 걸 잊으셨나?"

"그럼 술은 내년에 마셔라."

"이야, 레이. 너 이렇게 앞뒤 꽉 막힌 놈이었냐?"

"응."

레이는 냉정했다.

비제이는 투덜거렸지만, 결국은 레이가 허락할 것이라는 걸
알고 있었다.

"레이, 붉은 기사가 왔다는 게 알려지면 시끄러워지니까 평
민 옷 입고 와."

"응, 그럼."

"이따 보자, 비제이."

"비셀라?"

기숙사 복도를 걸어가는데 누군가 비제이를 불렀다. 옷 자체는 수수하지만 값비싼 비단으로 만든 원피스를 입고 있는 여학생이었다. 여학생은 비제이를 향해 애교스런 미소를 지으며 다가왔다.

"난 후작 가문의 아이메텔오린 R. 필렌트라고 해. 메린이라고 불러도 좋아."

그러면서 메린은 비셀라의 반응을 기다리는 듯 잠시 말을 멈췄다.

메린이 이런 행동을 하는 이유가 있었다.

필렌트라는 성은 후작 가문의 성으로, 키리반에 후작은 단다섯 가문밖에 없었다. 게다가 칼페디온 필렌트 후작 가문은 다른 후작 가문에 비해 월등히 부유하고 넓은 영지를 가지고 있었으며, 대륙에서 유명한 상단들과도 친분이 있었다.

그래서 일부에선 필렌트 후작이 왕보다도 더 큰 권력을 쥐고 있다는 소문이 조용히 떠돌아다닐 정도였다.

비제이는 조용히 메린을 응시했다.

잿빛이 섞인 푸른 눈동자는 신비로웠고, 하얀 피부와 밝은 갈색 머리는 햇빛 아래에서 아름답게 빛났다.

"안녕하세요, 메린. 만나서 반가워요. 듣던 대로 아름다우시네요."

메린은 비제이의 반응에 만족한 듯 미소를 지었다. 약간은 오만해 보이는 미소가 메린과 아주 잘 어울렸다.

"그런데 무슨 일로……?"

메린이 비제이에게 한 걸음 다가왔다. 비제이는 비셀라의 눈을 뚫어지게 응시했다. 밖에서라면 자기보다 높은 후작 가문 영애의 눈을 똑바로 바라보는 것이 큰 실례가 되겠지만, 여긴 아카데미 안이니 상관없었다. 메린도 그렇게 생각하는지 딱히 비제이를 나무라진 않았다.

'홀리진 않았군.'

비제이는 안도했다.

메린에게만큼은 무슨 일이 생기지 않기를 바랐다. 사실 비제이는 칼페디온 폰 필렌트 후작과 친분이 있는 사이였기 때문이다. 칼페디온 후작은 정말이지 딸 바보였다.

비제이와 만날 때마다 딸 자랑을 그렇게 했다. 아름답고, 예의바르고, 똑똑하고, 착하고, 부모에게 잘한다는 자랑이었는데, 딱 팔불출 부모의 그것이었다.

대륙을 오가는 유명한 상단을 한 손에 넣고 주무르는 칼페디온 후작에게 그런 팔불출 같은 면이 있다는 것은 아마도 비제이밖에 모를 것이다. 아, 어쩌면 정보국 국장인 레이라면 알고 있을지도 모르겠다.

비제이가 칼페디온 후작과 친분이 있는 데는 이유가 있었다.

칼페디온 후작.

그는 사실 트레저 헌터 길드의 숨겨진 길드장이었다.

트레저 헌터 길드에는 길드장이 있었지만, 그는 칼페디온 후작의 대리인에 불과했다. 그것을 아는 사람은 헌터들 중에서도 비제이 하나뿐이었다.

비제이가 아홉 살에 헌터 일을 시작하고, 열두 살에 익스퍼러 헌터가 되었을 때 후작은 어리면서도 능력이 뛰어난 비제이에게 관심을 보였다. 그때부터 진짜 길드장인 칼페디온 후작과의 친분이 이어져왔다.

트레저 헌터 길드장, 칼페디온 후작의 딸인 메린이 이번 일과 관련 있다는 의심을 하지 않는 데는 두 가지 이유가 있었다.

우선 후작이 메린에게 위험한 덴저 트레저를 가까이 할 리가 없었다. 딸 바보니까.

둘째로, 후작이 길드장이라 해도 이미 봉인된 덴저 트레저에는 접근할 수가 없었다.

덴저 트레저의 봉인은 후작이 길드장이 되기 전부터 계속 있어왔고, 덴저 트레저는 결계 안으로 한번 들어가게 되면 결코 세상의 빛을 보지 못하게 된다. 누구도 결계 안까지 들어갈 수가 없기 때문이다. 트레저 헌터 길드장조차도.

만약 루빈이 말한 대로 봉인을 한 곳이 드래곤 레어라면 더더욱 그랬다. 드래곤이 위협이 될 것 같은 트레저를 봉인해뒀는데, 인간에게 넘겨줄 리가 없다. 드래곤에게는 후작이든, 공작이든, 왕이든, 인간의 지위와 권력 따위는 아무 영향도 못 끼치니까.

"비셀라, 무슨 생각을 그렇게 해?"

"네? 아, 아뇨. 그런데 무슨 말씀을 하셨죠?"

"후후, 일단 여긴 아카데미 안이니까 편하게 말하라구. 우린 아직 어린데 벌써부터 부모님들의 권력 때문에 불편한 사이가 될 건 없잖아."

의외의 말에 비제이가 눈을 동그랗게 떴다. 원래 귀족의 자제들은 자기 부모의 권력에 기대어 자기보다 낮은 사람들을 무시하는 걸 당연시했다. 같은 귀족이라도 백작 가문의 아이들은 자작 가문의 아이들을 무시하며 하인처럼 부려먹었다.

그런데 후작 가문의, 그것도 필렌트 후작 가문의 메린이 이런 말을 할 줄은 생각도 못했다.

'칼페디온 후작이 딸 바보인 이유가 있군. 나라도 이런 딸이라면 사랑스럽겠어.'

"응, 그렇게 말해줘서 고마워. 그런데 무슨 일로 부른 거야?"

"아, 어디 가는 길이었니?"

"시내에 좀 다녀오려구."

"시내에? 필요한 거라도 있어?"

"응, 그렇기도 하고……."

"심부름꾼한테 말해두면 사다줄 텐데. 시내는 너처럼 귀여운 애가 혼자 나가기에는 위험해."

"어머! 호호호호, 메린처럼 예쁜 애한테 그런 말을 들으니까 부끄럽네."

메린이 괜찮은 아이라는 건 확실했지만, 일단 비제이는 이곳을 벗어나야 했다. 누가 봐도 귀족인 메린을 데리고 시내로 나갈 수는 없었기 때문이다.

"응접실에 가자. 너한테 듣고 싶은 얘기가 있거든."

메린이 스스럼없이 비제이의 팔짱을 끼었다. 풍만한 가슴이 비제이의 팔을 압박했다.

'어이구야. 후딘이 알면 자기도 여장하겠다고 난리치겠구만.'

비제이는 당황했다. 이러니저러니 해도, 비제이는 아직 성년식도 못 치른 풋풋한 소년이었기 때문이다.

"저기, 메린. 미안한데…… 나 꼭 시내에 가야 할 일이 있어서……."

비제이가 어색하게 팔을 빼내려고 노력했지만, 메린은 꽉 붙잡고 놔주지 않았다.

"비셀라, 아무리 경비병들이 많아도 호위병 하나 없이 그냥 나가는 건 안 돼. 돈 뜯어내려는 납치범들이 생각보다 많거든. 나도 전에 몰래 밖에 나갔다가 하마터면 몹쓸 일을 당할 뻔했어. 아버지가 몰래 붙여주신 호위병이 없었다면, 그대로 끌려갔을 거야."

"괜찮아, 괜찮아. 나 사실 오라버니한테 호신술을 배웠거든. 내 한 몸은 지킬 수 있어."

"흐응……."

메린은 걱정된다는 듯 비제이를 바라보다가 말했다.

"그럼 나도 같이 갈래."

'헉!'

이런 반응을 기대한 건 아니었는데.

비제이는 난감해졌다. 지금 꼭 확인해야 할 것이 있고, 그걸 확신하지 못하면 앞으로 일을 해결하는 데 더 오랜 시간이 걸릴 것이다. 게다가 맥주도 한 잔 마시고 싶었고, 투기장에도 가보고 싶었다. 경매소에 가서 괜찮은 물건이 있으면 하나 사올 생각도 하고 있었다.

모든 계획이 무산될 위기에 처했다.

"내 호위병이랑 같이 가자."

"아, 아니. 저기……."

언제나 능구렁이처럼 상황을 빠져나가는 비제이지만, 일개 아카데미 학생인 한 소녀에게서는 도무지 빠져나올 방법을 찾을 수가 없었다.

'역시 여자는 무서워!'

비제이는 우물쭈물하다가 말했다.

"아, 저기 메린. 난 평민으로 위장을 하고 다닐 거야. 난 일주일에 한두 번씩 평민 복장으로 시내를 거닐지 않으면 가슴이 답답해서 잠을 못 자거든. 메린은 평민 옷 같은 걸 입고 돌아다니는 걸 싫어할 것 같은데……."

"……."

역시나 메린은 눈을 동그랗게 뜨고 한동안 말문을 열지 못했다.

평민 위장.

귀족들이 자주 할 것 같지만, 사실은 굉장히 혐오하는 짓이었다. 귀족들에게 있어서 평민은 버러지에 불과했고, 일부러 버러지의 흉내를 낸다는 건 있을 수 없는 일이었다.

"그, 그치? 그러니까 나 혼자……."

"재미있겠다!"

비틀.

비제이는 하얗게 질린 얼굴로 메린을 쳐다봤다. 비제이보다 약간 키가 작은 메린은 손뼉까지 치면서 들떠 있었다.

"평민 위장이라니. 아버지가 그런 건 절대로 하면 안 된다고 해서 지금까지는 못 했거든. 게다가 납치당할 뻔한 일도 있고…… 하지만 꼭 해보고 싶었어! 꼭, 꼭 같이 가자."

메린이 비제이의 두 손을 꽉 잡고 비제이를 쳐다봤다.

"나 사실 평민 옷도 몇 개 사놓은 게 있거든. 옷장 깊은 곳에 숨겨두긴 했지만. 역시 이런 날이 올 줄 알았어."

"아니, 저기…… 위험할 텐데."

"에이, 무슨 소리니? 그러면 너도 위험하지. 게다가 넌 붉은 기사님께 호신술도 배웠다면서. 아, 기대된다. 이리 와, 비셀라. 내 방에 가서 옷을 챙겨 가자."

"……."

메린은 한껏 들떠 평민 옷을 챙겼다. 비제이는 난감한 표정을 감추려고 애쓰며 메린의 침대에 앉아 있었다.

'이걸 어쩐다…… 투기장에 가서 돈 좀 벌어볼까 했는데…….'

비제이가 한숨을 쉬고 있을 때였다. 갑자기 메린이 훌러덩 옷을 벗었다.

"헉!"

비제이는 너무 당황하는 바람에 바람 새는 소리를 감출 수가 없었다. 메린이 이상하다는 표정으로 비제이를 쳐다봤다.

"왜 그래, 비셀라?"

"아, 아니. 저기…… 난 나가서 기다릴게."

"에이, 뭐 어때, 친구끼리. 비셀라, 너 의외로 수줍음이 많구나?"

"어? 아, 어……."

메린은 가슴이 푹 파인 슬리프만 입고 있었다. 얇은 실크 슬리프 위로 메린의 풍만한 가슴과 잘록한 허리가 고스란히 드러났다. 비제이는 눈 둘 곳을 찾을 수가 없었다.

"이 원피스는 너무 고급스러워서 사람들 눈에 띌 것 같거든. 아, 비셀라. 너도 갈아입을래?"

"어? 아, 아냐. 나…… 맞다! 나 방에서 가지고 올 게 있어. 기숙사 앞에서 만나."

후다닥.

비제이는 메린이 붙잡기 전에 얼른 밖으로 나왔다.

"후아, 이거 진짜 사람 긴장하게 만드네. 아이고야, 진짜 죽겠다."

비제이는 먼저 기숙사 입구로 나갔다. 비제이를 알아본 학생들 몇 명이 흘끔흘끔 비제이를 쳐다봤다.

"오래 기다렸어?"

메린이 나왔다. 메린은 아까보다는 고급스럽지 않은 옷으로 갈아입고 있었다. 진녹색의 원피스가 메린과 아주 잘 어울렸다.

"가자, 비셀라."

메린이 들뜬 표정으로 비제이의 팔짱을 꼈다. 메린은 커다란 가방을 어깨에 메고 있었다. 아마 그 안에 평민 옷을 넣은 모양이다.

후작 가문의 딸인 메린 역시 아카데미 안에서 시선을 받는 존재였다. 메린과 비제이가 함께 걸어가자, 학생들은 '역시 끼리끼리 어울린다더니.'라는 생각을 하며 두 사람을 쳐다봤다.

교문 앞에 도착하자 관리소를 지키던 한스와 한스보다 좀 젊어 보이는 남자가 밖으로 나왔다.

"아이구, 아이메텔오린 님, 비셀라 님. 외출하십니까?"

"응, 좀 나갔다가 오려구요."

"그럼 소지품 검사를 해야 하는데……."

한스가 미안하다는 듯 말했다. 메린은 당연하다는 듯 어깨에 메고 있던 가방을 한스에게 주려고 했는데 비제이가 그것을 막았다. 비제이는 살짝 인상을 찌푸리고 한스를 노려봤다.

한스와 젊은 관리인이 찔끔하며 고개를 숙였다.

"이분이 누군지 모르느냐? 필렌트 후작가의 아이메텔오린 님이시다. 그런데도 소지품 검사를 하겠다고?"

"아, 비셀라. 소지품 검사는……."

"아냐, 메린. 이건 확실하게 짚고 넘어가야 돼. 고작해야 평민 따위가 귀족의 소지품에 손을 대겠다니."

"비셀라……."

메린은 당황한 듯 보였지만 비제이는 멈추지 않았다.

"몹시 불쾌하군. 도대체 우리가 무엇이 부족하여 아카데미의 물건을 훔쳐갈 거라 생각한 것이냐?"

"아, 아닙니다. 그런 게 아닙니다, 비셀라 님. 이건 그저 학교 교칙이라서…… 죄송합니다, 죄송합니다."

"죄송하다면 단 줄 아느냐? 허나 갈 길이 바쁘니 오늘 일은 넘어가주지. 가자, 메린."

비제이가 메린과 함께 나가려고 했지만, 한스와 젊은 관리인은 자리를 비키지 않았다. 비제이가 더 분노한 눈으로 한스를 노려봤다.

"왜 안 비키느냐?"

"죄송합니다, 비셀라 님. 하지만 이건 교칙이라서요. 학장님만 제외하고는 반드시 소지품 검사를 해야 합니다요."

"그래, 비셀라. 교수님들도 꼭 소지품 검사를 받아야만 해. 그러니까 우리 그냥 소지품 검사받자, 응?"

메린이 애교스럽게 눈을 찡긋거리며 말했다.

"뭐, 메린이 그렇다면……."

한스와 젊은 관리인이 안도의 한숨을 내쉬었다.

"그럼 짐, 비셀라 님의 소지품을 부탁하네."

"네, 한스 아저씨."

비제이는 두 사람이 소지품 검사를 하는 모습을 지켜봤다. 둘은 비제이의 시선에 긴장하면서도 꼼꼼하게 소지품 검사를 했다. 짐이 기록부에 두 사람의 소지품을 기록했다.

"그런데 아이메텔오린 님, 이 옷은……?"

"응, 밖에 나가서 팔려구요. 선물 받은 건데, 나랑은 안 어울리는 것 같아서."

메린이 생각해둔 것처럼 둘러댔다. 한스는 더 이상 묻지 않고 두 사람에게 가방을 돌려줬다.

"정말 실례가 많았습니다. 아, 외출부 기록을 하셔야 하는데."

이번엔 비제이도 별말 없이 외출부에 이름을 기록했다. 한스와 짐은 눈에 띄게 안도하는 모습이었다. 아마 두 사람은 '저 계집, 성격이 보통이 아니군.' 하는 생각을 하고 있을 터였다.

소지품 검사와 외출부 기록이 끝나자 교문을 나올 수가 있었다.

아카데미는 에니튼 시 성문 밖에 위치해 있었다. 성문까지는 걸어서 30분 정도 걸렸는데, 중간쯤에 경비 초소가 하나 있었다. 수상한 인물이 아카데미로 들어오는 것을 방지하기 위한 경비 초소였다.

경비병들은 게으름을 피우지 않고 그곳을 지켰다. 아카데미에서 나가는 두 사람을 따로 검사하진 않았다.

경비 초소까지 지나치자 메린이 말했다.

"사실 비셀라, 나 너한테 묻고 싶은 게 있었어."

"아, 맞아. 아까 할 얘기가 있다고 했지? 뭔데? 우리 오라버니에 대한 것?"

"응? 붉은 기사님? 아냐, 아냐. 굉장히 멋지고 대단한 분이시라고는 생각하지만…… 그보다는……."

메린의 얼굴이 사과처럼 붉어졌다.

"저기, 비셀라. 너 혹시 헤레이스 님의 친구인 비제이라는 분을 알고 있니?"

"어?"

'갑자기 내 이름이 왜 나오지? 눈치챘나? 한 번도 본 적은 없는데……. 아냐, 후작이 나 몰래 영상 기억 스크롤로 내 얼굴을 카피했을 지도 몰라.'

비제이는 당혹감을 숨기며 메린을 쳐다봤다.

"비제이라면…… 그 트레저 헌터라는?"

"응, 아는구나? 나 사실 비제이 님의 팬이거든."

"에에……."

비제이가 당황하는 걸 못 봤는지 메린은 황홀한 표정으로 이야기를 계속했다.

"되게 로맨틱하지 않아? 트레저 헌터라는 직업. 우리 아버지가 그러시는데, 비제이 님이 마스터 헌터 중에서도 최고래. 비제이 님만큼 트레저를 잘 이해하고 사용하는 헌터가 없대. 누구지? 그…… 타…… 아무튼 그런 이름인 헌터도 굉장히 잘 사용하긴 하는데, 아버지 생각으로는 비제이 님이 더 잘 사용할 거래. 비제이 님이 트레저를 사용할 때는 또 다른 세상이 펼쳐지는 것 같다고 하시더라. 마치 그 트레저가 생겨나던 시기로 돌아가는 것 같다고……."

메린이 갑자기 비제이를 돌아보는 바람에 비제이는 걸음을 멈췄다. 메린의 잿빛 하늘 같은 눈동자가 비제이를 빤히 응시했다.

"나도 한번 보고 싶어, 비셀라. 어떤 걸까? 트레저로 보는 세상이라는 건……. 그래서 있지, 비셀라. 나는 꼭 대단한 마법사가 될 거야. 우리 교수님만큼은 못되겠지만, 적어도 3서클 이상의 마법사가 돼서 언젠가 비제이 님과 함께 여행을 하는 게 내 꿈이야."

"……어."

"아버지는 졸업하자마자 결혼하라고 하셨지만…… 그래도 난 꼭 마법사가 돼서 비제이 님을 도와드릴래. 분명 도움이 되겠지?"

"아…… 하하하……."

"비셀라, 넌 어때? 비제이 님을 실제로 본 적 있어? 아무래도 붉은 기사님의 동생이니까……."

"뭐, 그야…… 보긴 봤는데…… 노래를 굉장히 잘 하시더라."

"노래?"

메린의 표정이 묘하게 변했다. 메린은 고개를 갸웃갸웃했는데, 그 모습이 마치 작은 새처럼 귀여웠다.

"이상하다. 아버지가 비제이 님은 다 잘하는데 노래만큼은 좀……."

"헐! 아냐, 메린. 비제이 님의 노래는 세계 최고야. 그 감미로운 음율…… 네가 만약 비제이 님을 만나게 된다면, 꼭 노래를 해달라고 해. 알겠지?"

"어? 아, 응. 그, 그럴게."

비제이가 달려들듯 말하자 메린이 당황하며 고개를 끄덕였다.

비제이를 기다리던 레이와 후던은 비제이가 달고 나온 여학생을 보고 비제이에게 아는 척을 하려다가 말았다. 비제이는 살랑살랑 웃으면서 여학생과 수다를 떨고 있었다.

"아이메텔오린 양이군."

레이가 아는 척을 했다.

"아이메텔오린? 이름 엄청 길구만."

"칼페디온 후작의 하나밖에 없는 영애지."

"칼페디온 후작? 근데 왜 키리반 왕립 아카데미에 안 가고 여기까지 온 거지? 아카데미로는 키리반이 더 유명하잖아."

"여기에 11명의 현자 중 한 사람이 있으니까."

"아아, 루빈의 형 말인가?"

"아이메텔오린 양은 마법학부 7학년이니, 내년이면 졸업이겠군. 상당히 좋은 실력을 가지고 있다고 들었다."

"흐음, 외모도 아주 좋은데?"

후딘이 손가락으로 턱을 문지르며 중얼거렸다.

"건드릴 생각하지 마라. 칼페디온 후작이 아주 아끼는 딸이니까."

"이봐, 레이. 이래 봬도 귀족가의 영애를 건드릴 만큼 바보는 아니라구. 난 내 주제를 알거든."

키득거리는 후딘을 레이는 의미심장한 눈으로 쳐다봤다.

"여하튼 비셀라 양은 친구랑 수다를 떠느라 바쁜 모양이시니 나는 나대로 움직여야겠어. 난 투기장에나 가볼까 하는데, 넌 어쩔래?"

"난 그냥 기다리도록 하지."

"붉은 기사님이라면 우승을 하실 텐데."

"됐다, 너나 가서 즐겨라."

"오냐, 그럼 우승 상품을 쥐고 돌아오마."

"그래. 아, 후딘."

후딘이 담배를 물고 시장 쪽으로 걸음을 옮기는데 레이가 후딘을 불러 세웠다.

"어, 왜?"

"여자, 데리고 오지 마라."

"으……."

후딘은 허를 찔렸다는 표정을 지었고, 레이는 반드시 확답을 받아내겠다는 듯 후딘을 노려봤다. 잠시 망설이던 후딘은 아주 힘겹게 대답했다.

"……아, 알겠……다……."

10장

폭력 조직 아방카

메린은 옆에서 걷고 있는 비셀라를 쳐다봤다.

여자치고는 꽤 큰 키의 비셀라는 중성적인 아름다움을 가지고 있었다. 약간 매서운 눈매와 고집스럽지만 단호하게 다문 입술, 오뚝한 코가 굉장히 매력적이었다.

마법학부 7학년 남학생들이 비셀라에 대해 수군거리는 데도 다 이유가 있다는 생각이 들었다.

귀족적인 오만함을 지닌 비셀라는 가끔씩 등골이 서늘해질 정도로 차가운 눈빛을 할 때가 있었다. 대륙에서 가장 부강한 후작가에 태어나 누군가를 두려워하는 일 없이 지낸 메린에게는 신선한 경험이었다.

비셀라는 평민 옷으로 갈아입었는데도 온몸에서 풍기는 기품이 사라지지 않았다. 이래서야 나쁜 생각을 가진 사람들이 다가오는 것도 시간문제일 것 같다.

'붉은 기사님에게 호신술을 배웠다고는 해도…… 그래도 여자인데…….'

메린은 조금 불안했지만, 평민 위장을 하고 돌아다니는 즐거움을 포기하고 싶진 않았다.

"비셀라, 우리 어디로 가는 거야?"

"투기장."

"투기장?"

"응, 가본 적 없어?"

"어, 없는데…… 혹시 싸우는 사람들한테 돈 거는 곳을 말하는 거야?"

"응, 되게 재미있거든. 돈도 잘 벌리고."

"하지만 넌 돈이 부족하진 않잖아."

"에이, 메린. 남한테 받아 쓰는 돈은 재미가 없잖아. 진짜 재미는 내 돈을 걸었을 때, 그게 몇 배로 불어서 돌아오는 것에 있다구. 가자, 재미있어."

"어? 아, 응."

반짝반짝 눈을 빛내는 비셀라는 굉장히 흥겨워 보여서 메린도 괜히 기분이 좋아졌다. 비셀라는 시내의 지리를 어떻게 아는 건지 막힘없이 걸어갔다.

시장에 접어들자 사람이 많아졌다. 올타 왕립 아카데미 망토를 두른 애들도 몇 명 보였지만, 두 사람을 알아보는 학생들은 없었다.

"예쁜 아가씨들. 액세서리 좀 구경하고 가요. 잘 어울리는 핀이 있어요."

"아가씨, 여기서 옷 좀 보고 가요. 아유, 둘 다 너무 예쁘게 생겼네."

가게 없이 바깥에서 자리를 펴놓고 장사를 하는 장사꾼들이 둘을 불러댔다. 메린은 어떻게 해야 할지 몰라 우물쭈물했지만, 비제이는 거침없이 그들을 무시했다.

"저, 비셀라. 저 사람들이 우리를 부르는데……."

"괜찮아, 괜찮아. 일일이 답했다가는 여기서 밤을 지새워야 할걸. 자, 이쪽으로 들어가자."

시장 중앙의 길을 쭉 따라 걷다보면 왼쪽으로 어두운 골목이 있다. 그곳은 아카데미 학생들뿐만 아니라 평민들도 잘 들어가지 않는 곳이었다. 위험하기 때문이다.

정체불명의 수상한 약을 파는 잡화점과 사람을 사고파는 노예상점, 여자를 파는 매춘업소. 불법으로 지정된 것들이, 그곳에는 존재했다.

그러나 경비병들도 그곳은 손을 댈 수가 없었는데, 아방카가 관리하는 곳이기 때문이었다.

아방카는 유명한 폭력단이었다.

실력은 좋지만 평민 출신이라서 대우를 받지 못하는 검사와 마법사들이 아방카로 몰려들었다. 그 수가 적지 않은 데다가 모두 실력이 좋아서 한 나라의 군대를 능가하는 힘을 지니게 되었다.

게다가 알려지지 않은 아방카의 단장은 사실 아베트로 미츨레반으로, 그는 키리반 왕국 전대 국왕의 검술 선생이었고, 용병 길드의 단장이었다. 용병 길드를 건드려서 좋을 건 없기에 그가 지배하는 아방카의 영역 역시 무법의 지대로 남게 되었다.

메린은 아방카에 대해서는 잘 모르지만 시장 구석에 있는 골목이 위험하다는 소리는 많이 들어왔다.

아카데미의 교수들도 학생들이 외출할 때면 늘 그 골목엔 절대로 가선 안 된다고 주의를 주곤 했다.

재작년에 반항적인 학생 하나가 그곳에 들어갔다가 소리 소문 없이 사라졌고, 수사국에서도 그 일에 대해 전혀 수사를 하지 않았다. 그 후로 아카데미 학생들에게 있어서 그 골목은 절대로 가면 안 되는 금지 지역으로 정해져 있었다.

"비, 비셀라. 여긴 진짜 위험해."

비셀라의 기세에 눌려 뒤를 따르긴 했지만, 그 골목엔 차마 발을 디딜 용기가 나지 않았다. 메린은 비셀라의 옷을 잡아당겼다.

"안 돼, 비셀라. 재작년에 우리 학교 검사학부 학생 하나가 사라졌어. 여긴 수사국에서도 손을 못 대는 곳이야."

비셀라는 메린을 쳐다보며 고개를 갸웃하더니 곧 씩 웃었
다. 어쩐지 소년처럼 보이는 미소였는데, 메린은 괜히 얼굴이
붉어지는 걸 느꼈다.

"괜찮아, 메린. 내가 지켜줄게."

"하지만 비셀라……."

"자, 자. 들어가자."

비셀라가 잠시 망설이다가 메린의 손을 잡았다. 비셀라의 손은
생각보다 컸고 따뜻했다. 남자 손을 잡고 있는 기분이었다.

골목에 발을 들여놓자마자 공기가 변했다.

어두운 골목 안을 점령한 이상한 향냄새와 구린내, 피비린
내 같은 역겨운 냄새가 메린의 속을 울렁거리게 만들었다. 메
린은 숨을 참으려고 노력하며 비셀라에게 바짝 붙어 걸었다.

"예쁜 아가씨들, 이런 곳에는 웬일이야?"

골목에서 처음 마주친 곳은 매춘업소였다. 무슨 방법을 쓴
건지 붉은 빛으로 내부를 밝힌 가게들이 길을 따라 쭉 늘어서
있었다. 그리고 그 안에는 옷을 입는 둥 마는 둥 한 몸매 좋은
여자들이 다리를 꼬고 앉아 있었다.

"어머, 인형 같은 꼬마들이네."

"귀엽기도 해라."

여자들이 다가왔다. 메린은 긴장했다.

"비, 비셀라."

"피부 좀 봐. 꼭 진주 같네."

"확 찢어버리고 싶어."

"벗겨보고 싶어라. 속도 이렇게 고울까?"

여자들의 손이 다가왔다. 메린은 눈을 질끈 감았다. 하지만 여자들은 메린에게 손을 대지 못했다.

"건드리지 마세요."

눈을 뜨자 비셀라의 등이 보였다. 비셀라는 여자들과 메린의 사이에 서 있었다.

"건드리지 말고 각자 할 일이나 해요. 당신들을 살 생각은 없으니까."

메린은 그들이 해코지라도 하지 않을까 걱정이 됐지만, 의외로 그들은 투덜거리면서 자리로 돌아갔다.

"괜찮아?"

"으응, 비셀라. 우리 그냥 나가자. 응?"

"괜찮다니까, 투기장은 엄청 재미있을 거야."

"하지만……."

골목을 더 들어가자 매춘업소가 사라지고 수상해 보이는 가게들이 보였다. 간판이 없는 가게였는데 문이 열려 있어서 안을 볼 수가 있었다.

뼈가 장식된 곳, 사람 모양의 가죽이 장식된 곳, 어디에 쓰는 건지 알 수 없는 그로테스크한 모양의 석상이 진열되어 있는 곳…….

그런 수상한 곳에도 손님이 있었는데, 대부분 두건을 깊이 눌러쓰고 있어서 얼굴을 알아볼 수가 없었다.

그곳을 무사히 지나가니 넓은 공터가 나왔다. 하지만 공터라고 해서 안심할 수는 없었다. 척 보기에도 위험해 보이는 남자들이 여기저기 앉아서 여자를 희롱하거나 술을 마시는 중이었다.

유독 사람이 몰려 있는 곳이 있었는데, 그곳을 본 메린은 얼굴이 하얗게 질려 걸음을 멈추고 말았다. 나무 널빤지를 세워 거기에 사람을 묶어두고 다트를 던지며 즐거워하는 사람들의 모습 때문이었다.

묶인 사람은 초라해 보이는 중년의 남자였는데, 공포에 질린 얼굴로 살려달라며 악을 쓰고 있었다.

"비셀라!"

겁에 질린 메린이 자기도 모르게 비명처럼 비셀라를 불렀다. 다행히 비셀라가 걸음을 멈추긴 했지만, 메린의 목소리에 반응을 보인 건 비셀라만이 아니었다.

"뭐야, 저 아가씨들은?"

"흐응, 이런 데 올 것 같지 않은 아가씨들인데?"

"어이, 아가씨들. 돈 필요하나?"

"남자라도 필요해? 응? 크히히히히."

다트를 던지던 남자들까지 두 사람에게 관심을 보였던 것이다.

메린은 두 손으로 입을 막았지만, 이미 늦었다. 남자들이 어슬렁거리며 두 사람에게 다가왔다.

메린은 비셀라를 쳐다봤다. 비셀라는 담담한 표정이었다.

'어떻게…… 이런 상황에서 저런 표정일 수 있지?'

메린은 온몸이 덜덜 떨렸다. 이럴 줄 알았으면 아무리 호기심이 생겨도 꾹 참는 건데.

호기심이 사람을 죽게 한다는 말이 괜히 있는 게 아니었다.

"옷은 평민 복장인데…… 외모는 반반하네."

"이 근처에서 이런 물건은 본 적이 없는데 말이야. 여행이라도 왔나?"

"우리 대장이 좋아할 것 같지 않아?"

"마침 여기에 와 계시잖아. 젠터, 저 계집들 붙잡아. 대장한테 주자. 3골드는 받을 수 있을 것 같은데. 오늘 술 좀 마셔야지."

"잡아, 잡아!"

젠터가 메린을 향해 손을 뻗었다. 검사인 젠터의 손에는 꾸준한 연습의 증거인 굳은살이 박여 있었다.

메린은 자신이 1서클을 완성시키기 직전이긴 하지만, 그 마법으로 이들을 이길 수 있을 거란 생각이 들지 않았다. 게다가 너무 무서워서 마법의 수식조차 떠오르지 않았다.

그때였다.

"건드리지 마!"

비셀라가 날카롭게 외쳤다. 비셀라의 목소리는 넓은 공터에 쩌렁쩌렁 울릴 정도로 단호하고 힘이 있었다.

남자들이 놀란 듯 비셀라를 쳐다봤다가 곧 음흉하게 웃었다.

"뭐야, 네년한테 먼저 관심을 가져달라는 거냐?"

"이거, 물건이군. 눈깔이 예뻐."

"긍지도 없는 것들!"

비셀라는 그들을 노려봤다.

"한때는 검사를 꿈꾸고 마법사를 꿈꿨던 것들이 이런 곳에서 어린 소녀나 희롱을 해? 네놈의 허리에 매달린 칼이 비웃겠다. 창피하지 않나?"

"이익!"

남자들이 얼굴을 붉혔다.

"세상이 부당해도 자신의 긍지를 잃으면, 그것이 바로 영혼의 죽음. 너희들의 영혼은 다 죽어 있는가 보군."

"이 어린 계집이 뭘 안다고 지껄여?"

"대장에게 갈 것도 없다! 그냥 죽여버려!"

"꺄악!"

젠터와 옆에 있던 검사가 검을 뽑았다. 그래도 검사라고 칼은 좋은 것을 차고 있었다. 관리도 잘 해서 날이 날카롭게 서 있었다.

메린은 비명을 질렀다. 누구든 도와줄 사람이 나타나기를 바랐다.

하지만 이런 수상한 곳에 찾아올 평범한 사람은 없었다.

젠터가 먼저 검을 휘둘렀다. 검이 둥근 곡선을 그리며 비셀라의 목으로 향했다.

"꺅!"

메린이 비명을 질렀고,

덥석!

비셀라가 칼을 잡았다.

'자, 잡아?'

메린이 눈을 휘둥그레 떴다.

비셀라는 맨손으로 칼날을 잡고 있었다.

다른 녀석들도 의외의 일에 당황한 기색이 역력했다. 비셀라의 손에서 붉은 선혈이 주르륵 손목을 타고 흘러내려 왔다. 하지만 비셀라는 칼을 놓지 않았다.

오히려 차갑게 웃으며 젠터를 노려봤다.

"어린 소녀에게 검이 잡히니 좋은가? 칼은 잘 벼렸지만 실력은 벼리지 못한 모양이군. 내 가녀린 손 하나 자르지 못하는 걸 보면 말이야."

"으잇! 닥쳐!"

젠터가 악을 쓰며 검을 뒤로 빼내려 했다. 하지만 비셀라가 손목을 꺾어 힘을 줬고, 비셀라에게 잡힌 칼날이 구부러졌다. 여자라고 볼 수 없는 괴력에 젠터의 눈이 커졌다.

비셀라가 웃었다.

"어머, 칼도 그냥 그런 칼이었군."

"너…… 네 이년을 그냥!"

"그냥 뭐?"

비셀라가 웃었다.

"두고 보자는 말은 하지 마. 그것처럼 비굴한 말도 없으니까. 자, 지금 당장 보지."

"바라던 바다, 이년아!"

다른 남자들은 넋을 잃고 구경을 했다. 비셀라가 맨손으로 칼을 잡은 것도 그렇지만, 어렵지 않게 칼을 구부린 것이 충격이었기 때문이다. 게다가 흥미진진하기까지 했다.

젠터는 자기 칼이 구부러졌다는 것을 믿을 수가 없었다. 처음에 검을 움직일 때도 온 힘을 다해 강하게 내려쳤다. 저 망할 계집의 목을 한 번에 베기 위해서였다. 하지만 그 검이 쉽게 잡혔고 심지어 구부러지기까지 했다.

'믿을 수 없어!'

젠터는 뭔가 다른 힘이 개입되어 있을 거라고 생각했다.

'그래, 저 계집이 마법사인 모양이군.'

젠터의 눈이 메린에게로 향했다. 아까부터 깍깍거리면서 시끄럽게 하는 계집. 어쩌면 저 계집이 뒤에서 몰래 힘을 쓰고 있었던 걸지도 모른다.

'저년을 인질로 잡으면 이 계집도 꼼짝 못하겠지.'

젠터는 검을 버리고 메린에게 달려들었다. 그러나 비셀라가 더 빨랐다. 비셀라는 메린의 허리를 감아 옆으로 휙 돌려 자신의 반대쪽에 세웠다.

두근.

비셀라의 팔이 메린의 허리를 강하게 휘감는 순간, 메린은 심장이 폭발할 것처럼 진동하는 것을 느꼈다.

그 자리에 있어야 할 메린이 사라진 덕분에 허우적거리게 된 젠터. 비셀라는 그 순간을 놓치지 않았다. 젠터에게 다리를 걸고, 팔꿈치로 등을 내리쳤다.

퍽!

바닥에 엎어진 젠터.

비셀라는 젠터의 등을 콱 밟았다.

"크억!"

젠터가 신음을 흘렸다. 비셀라가 젠터의 머리채를 잡아 목을 뒤로 꺾었다.

"검사가 검을 버리다니. 붉은 기사 헤레이스가 봤다면 네 목은 그 자리에서 날아갔을 거다."

"……으으……윽……."

"고귀한 아가씨에게 피를 보이고 싶지 않으니 네 목은 붙여놔 주마."

긴급한 상황임에도 메린은 가슴이 떨렸다. 고귀한 아가씨라는 것이 자신을 지칭하는 말임이 틀림없었다. 게다가 비셀라는 너무 멋있었다. 나풀거리는 원피스를 입고 있지만 그 어떤 기사들보다도 멋졌다.

"이곳에 아베트로가 와 있나?"

비셀라의 질문에 둘러싸고 있던 남자들의 얼굴[   ]질렸다.

"도, 도대체 그걸 어떻게……?"

아방카의 단장이 아베트로라는 사실을 아는 사람은 [   ] 없었다. 피의 충성을 약속한 단원들과 고위 관리들, 그리고 아베트로가 인정한 사람.

'설마…… 저 허약해 보이는 계집애가 대장이 인정한 사람이란 말인가?'

'이런 제길, 난 이제 죽었군.'

방금 전까지만 해도 기세등등하던 젠터는 이제 덜덜 떨고 있었다. 비셀라는 젠터의 머리를 놔주고 목덜미를 잡아 일으켜 세웠다. 젠터가 후들거리는 다리로 간신히 버티고 서서 비셀라를 쳐다봤다.

비셀라의 한없이 푸른 눈동자가 젠터를 얼릴 듯 서늘하게 빛났다.

"안내해라. 아베트로에게."

비셀라의 팔짱을 끼고 가며 메린은 계속 비셀라의 옆모습을 훔쳐봤다. 아까처럼 똑바로 볼 수가 없었다.

"메린."

정면만 똑바로 응시하면서 걷던 비셀라가 문득 메린을 불렀다. 메린은 화들짝 놀라 시선을 돌렸다.

응?"

일 기
험하게 해서 미안해. 저 녀석들이 이렇게까지 할
는데……"

얼마 아, 아니야. 지켜줘서 고마워, 비셀라. 그런데 비셀라.
저 람들은 왜 널 무서워하는 거야?"

"내가 저 사람들 대장을 알고 있어서."

"대장을? 어떻게 아는데?"

"어? 아, 뭐…… 우리 오라버니랑 아는 사이거든. 그래서 얼
떨결에 같이 알게 됐지."

"아, 그렇구나."

아까 들어왔던 골목으로 다시 돌아가 뼈를 진열한 가게 안에
들어갔다. 짐승의 뼈뿐 아니라 몬스터의 뼈도 진열되어 있었
다. 약간 구린내가 나서 메린은 한 손으로 코를 막았다.

"뭐냐, 젠터? 그 계집애들은 뭐야? 이거냐?"

가게를 보던 뚱뚱한 주인이 새끼손가락을 들어 보이며 음흉
하게 웃었다. 젠터가 기겁해서 외쳤다.

"하, 함부로 말하지 마, 타니! 이분들은…… 대, 대장님의 손
님이시다."

"뭐, 뭣? 그, 그러냐? 어이구, 아가씨들. 실례가 많았습니다요."

주인의 태도가 대번에 바뀌었다.

주인은 그들을 가게 안쪽에 난 계단으로 안내했다. 계단 위에
있는 문으로 들어가자 가게와는 사뭇 다른 정경이 펼쳐졌다.

귀족 저택을 연상케 하는 인테리어의 고급스러운 분위기.

메린은 두리번거리며 비셀라의 뒤를 따라갔다.

"메린, 잠깐만 기다려줄래? 여기 대장은 아무나 만나주질 않아서."

"응? 아…… 그럴게."

혼자 남겨진다는 게 무섭긴 했지만 비셀라를 귀찮게 하고 싶진 않았다. 후작 가문의 딸인 자신보다 비셀라가 훨씬 대단하게 느껴졌지만 그게 질투가 나지도 않았다.

"너희들, 이분을 제대로 모셔. 실례라도 범했다가는…… 알지?"

"네, 네. 물론 그래야지요."

젠터와 가게 주인의 확답을 받은 비셀라는 메린에게 안심해도 된다는 듯 싱긋 웃고는 어느 방으로 들어갔다. 그 뒷모습을 보며 메린은 생각했다.

'어쩌죠, 비제이 님? 저…… 비셀라를 사랑하게 된 것 같아요.'

쌔액!

방문을 열자마자 날아오는 단검.

비제이는 슬쩍 고개를 옆으로 틀어 단검을 피했다.

사락.

머리카락 몇 올이 단검에 잘려 바닥에 떨어졌다.

한 조각의 빛도 들지 않는 어두운 공간. 비제이의 맞은편에 거대한 그림자가 서 있었다. 곰처럼 큰 그림자였다.

"네년은 뭐냐? 누구 허락을 받고 여기에 들어온 거지?"

"부하들 관리 좀 잘해야겠어, 아베트로."

"뭐야? 비제이였나?"

달칵.

작은 소리와 함께 불이 켜졌다.

검은 그림자가 모습을 드러냈다. 어마어마한 근육질의 거구, 송충이 같은 검은 눈썹과 햇빛에 잘 그은 피부, 부리부리한 눈을 가진 험상궂은 남자였다. 예순 살이 넘었다고는 볼 수 없을 만큼 젊은 외모를 가진 그가 바로 아방카의 우두머리, 전설의 아베트로였다.

험악한 눈으로 비제이를 노려보던 아베트로가 갑자기 웃음을 터뜨렸다.

"으하하하하하하하! 비제이, 도대체 그 꼴이 뭐냐?"

"웃지 마. 일이야, 일."

"크하하하하하, 그거 정말 흉측한 몰골이로고. 못 봐주겠구나, 비제이. 당장 꺼져라."

"노래 한 곡 해줄까?"

"입을 닥쳐준다면 이 방 안에 있는 걸 허락해주지."

비제이는 근처에 있는 나무 의자를 끌어다가 앉았다.

"나 예쁘지?"

"닥치기로 약속한 거 아니었나?"

아베트로가 구석에 있는 찬장에서 술병을 가지고 왔다. '인어의 눈물'이라는 이름의 술은 홀릴 것 같은 투명한 푸른빛을 가진 아름다운 액체였다. 하지만 굉장히 비싼 데다가 구하기도 어려워서 어지간해서는 맛볼 수 없는 술이었다.

"이야, 아베트로. 이런 점이 마음에 든다니까?"

"이곳은 무법지대니, 네놈에게 술 한 잔 정도는 괜찮겠지."

찰랑.

인어의 눈물을 즐기는 방법은, 우선 술병 안에 든 채로 두세 번 흔들어주는 것에 있다. 술병을 흔들면 안에 담긴 액체가 묘한 빛을 내면서 흔들리는데 그것이 술맛을 더 진하게 해주었다.

쪼르르.

아베트로가 크리스털 잔에 술을 조금씩 따랐다.

"네놈이 왜 여기에 있는 거지? 네놈의 주 활동지는 가이안 아니었나?"

"뭐, 어쩌다 보니 오게 됐네."

"다들 잘 지내나?"

"뭐, 그런 편이지. 아, 동료가 하나 생겼어. 루커인데, 천재야. 아마 대륙에서 제일 대단한 루커일 거야."

"어떤 멍청한 놈인지 꽤나 불쌍하군."

끌끌.

아베트로가 혀를 찼다.

"후딘은 어떤가? 건강하게 있나?"

"후딘? 그 녀석이야, 뭐. 늘 건강하지. 그런데 아베트로. 아 저씨는 왜 그렇게 후딘한테 신경을 쓰는 거지?"

비제이가 눈을 가늘게 뜨고 물었다. 아베트로가 껄껄 웃으 며 크리스털 잔을 들었다.

"이렇게 아름다운 잔을 만들 수 있는 건 그 녀석 하나뿐이니 까."

"뭐, 그런가? 그렇다고 해두지."

비제이가 의미심장하게 말했다.

아베트로는 술잔을 입에 대고 비제이를 쳐다봤다. 비제이를 만나면 항상 긴장이 됐다. 트레저가 없으면 아무것도 할 수 없 는 애송이인데, 왜 이토록 긴장이 되는 건지 모르겠다.

'말 한마디 잘못했다가 평생 꼬투리를 잡힐 것 같아서 그런 가?'

"우리 아방카 영역에는 어쩐 일이지? 나랑 술을 마시자고 찾 아온 건 아닐 테고……."

"묻고 싶은 게 있는데, 아베트로. 혹시 아방카 영역에 이상 한 꽃 한 송이가 들어온 적 없어?"

"이상한 꽃 한 송이? 어떤 꽃을 말하는 거지?"

"에이, 이 사람아. 알면서 뭘 또 묻고 그래?"

"모르겠는데?"

"수상한 것이 있으면 뭐든 확인하는 게 아방카 아니었나? 분명 들어왔을 법도 한데 말이야."

"훗."

아베트로가 피식 웃더니 옆에 있는 종을 울렸다. 옆방에 있던 아름다운 붉은 머리의 여자가 들어왔다.

"이봐, 그거 가져와라. 상자 안에 든 거."

"네, 대장님."

여자는 곧 상자 하나를 가지고 왔다. 투박한 상자는 자물쇠로 단단히 잠겨 있었다. 아베트로는 목에 걸고 있던 열쇠 중 하나로 상자를 열었다.

상자 안에 그것이 있었다.

"역시 있었군."

"도대체 그 썩을 놈의 장미는 뭐지?"

"어디서 났는데?"

"말단 한 놈이 항구로 가던 어린놈의 짐을 뺏어왔는데 그 안에 있더군. 트레저인가?"

"덴저야. 희생자는?"

"말단 놈이랑 그놈 친구. 그저께 썩어 문드러지더니 꼴깍 하던데?"

"그 외에 이 장미 향기를 맡아본 사람은 있고?"

"수상한 건 함부로 건드리지 않아."

"이거 내가 가져갈게."

"대가는?"

"내 노래?"

"닥쳐!"

비제이는 장미를 다시 상자에 넣고 가죽 주머니 안에 집어넣었다.

"아베트로, 아저씨는 소드 마스터지?"

"소드 마스터? 그건 뭔 개밥그릇이야?"

아베트로가 전혀 모르겠다는 듯 되물었다. 비제이는 킬킬 웃었다.

"그렇게 어색한 연기는 나한테 안 통해, 전설 아베트로. 그래서 말인데…… 혹시 본 적 있어? 드래곤."

"드래곤?"

아베트로가 잠시 미간을 좁혔다. 안 그래도 험상궂은 얼굴이 더 험악하게 일그러졌다.

"본 적 있지, 오래전에 딱 한 번. 하늘을 날고 있더군."

"커?"

"엄청 크지. 네놈 같은 꼬맹이는 오줌을 지릴 거다."

"가까이서 본 적은?"

"없어. 가까이서 봤으면 지금쯤 난 이곳에 없겠지."

"흐음, 그럼 드래곤 레어에 가본 적 있어?"

"드래곤 레어? 으하하하하하하."

아베트로가 갑자기 웃음을 터뜨렸다. 한참 동안 웃던 아베트로가 말했다.

"이봐, 애송이. 드래곤이란 종족의 위대함을 모르나? 자신이 허락한 생물 외에는 레어 근처에도 가볼 수가 없지. 그런데 왜 드래곤에게 관심을 보이는 거지?"

"그냥 궁금해서. 드래곤은 소년들의 로망이잖아."

"흐음."

아베트로는 비제이가 숨기는 게 있다는 걸 알았지만 그냥 넘어가기로 했다. 비제이에게 캐내려고 들다가는 더 큰 비밀을 털어놓게 되는 일이 생기니까.

"여하튼 술 고마워, 아베트로. 난 투기장에 가볼 생각인데, 입장권 좀 줘."

"난 장사꾼이다, 이 자식아. 입장권이 필요하면 사!"

"VIP석으로 부탁해."

"망할 놈."

아베트로는 투덜거리면서도 자신의 인장이 크게 찍힌 VIP석 입장권을 내주었다. 비제이는 고맙다는 말도 없이 받아들고는 흥얼거리며 나가버렸다.

아베트로는 다시 불을 끈 후 술잔에 인어의 눈물을 따랐다. 독한 액체가 혀를 자극했다.

"망할 놈. 다음엔 내가 뜯어내 주겠다."

비제이가 거실로 나가자 메린이 젠터와 수다 떠는 게 보였다. 둘은 뭐가 그리 즐거운지 십년지기처럼 깔깔거리며 웃고 있었다. 사람을 잘 다루는 게 메린의 능력인 모양이다.

"아, 비셀라. 끝났어?"

"응, 혼자 기다리게 해서 미안해."

"아냐, 젠터가 너무 재미있는걸. 웃기는 얘기를 많이 알아."

메린과 잘 떠들던 젠터는 비제이 앞에서 고개도 들지 못했다. 만약 메린이 칼페디온 후작의 딸이라는 것을 알면 식겁해서 죽을 날만 기다리겠지. 칼페디온 후작은 자기 딸 주변에 접근한 남자들을 가만 안 두기로 유명하니까.

"젠터라고 했나?"

"아, 네⋯⋯."

"어지간하면 지나가는 여자는 건드리지 마. 나 같은 여자가 또 있을지 누가 알아?"

안 그래도 젠터는 앞으로 절대 여자에게 손대지 않겠다고 다짐한 후였다.

비제이는 잠깐 고민하다가 투기장은 이번 일을 해결한 후에 가기로 했다. 메린을 그런 곳에 데리고 가는 것도 싫었고, 투기장의 결투를 즐길 때는 본성을 드러내고 싶었기 때문이다.

'아, 오늘 후딘이 분명 격투에 참가할 텐데.'

후딘의 격투를 못 보는 건 아쉬웠다. 후딘은 겉으로 보기엔 귀공자처럼 허약해 보이지만 사실 꽤나 강했다. 그래서 후딘이 출전하는 경기에서 후딘에게 돈을 걸면 수십 배로 돈을 불릴 수가 있었다.

'어쩔 수 없지. 어차피 돈보다는 덴저 트레저를 해결하는 게 우선이니.'

아방카의 영역을 빠져나왔을 땐 해가 진 후였다.

메린은 굳이 투기장을 보고 싶었던 건 아닌지 그냥 돌아가자는 말에 오히려 기뻐하기까지 했다.

옷을 원래대로 갈아입은 후 어두운 길을 걷던 비제이는 문득 생각나는 것이 있었다.

"메린, 우리 담 타고 넘어가자. 어차피 시간이 늦어서 교문도 닫혔을 테니까."

"응? 하지만……."

중얼거리면서도 메린은 순순히 비제이의 뒤를 따랐다. 담은 10피트(약 3미터)로 상당히 높은 편이었지만, 비제이에게는 문제될 것이 없었다. 단단한 담벼락을 손으로 더듬는데 저 멀리서 경비병이 달려왔다.

"거기 누구냐!"

"아, 우린 이 학교 학생인데, 교문이 닫힌 것 같아서……."

비제이가 변명하자 경비병은 날카로운 눈으로 두 사람을 훑어봤다. 두 사람이 입고 있는 망토를 확인한 경비병이 고개를 저었다.

"그럼 안 됩니다. 담 위에는 마법이 걸려 있어서, 그냥 넘으면 전기에 감전이 됩니다. 교문을 이용하십시오."

"그럼요, 경비병 아저씨. 이 가방을 담 위로 휙 던지는 것도 안 되나요? 너무 무거워서요."

"위로 던져도 마찬가지입니다. 이리 주십시오. 들어드리겠습니다."

'흐음, 담으로 뭔가를 주고받을 수도 없다는 거군.'

교문은 닫혀 있었지만 한스는 귀찮은 기색 없이 문을 열어주었다. 이번에도 한스와 짐은 꼼꼼하게 소지품을 검사했다.

"진짜 열심히 검사하네."

기숙사로 향하며 비제이가 중얼거렸다.

"여기 워낙 귀한 게 많이 있잖아. 가끔 그걸 가지고 나가서 팔려는 애들이 있거든. 아카데미 물건은 비싸게 팔리니까. 그래서 그런 거야."

"그래. 어쨌든 오늘 재미있었다."

"응, 나도 재미있었어. 고마워, 비셀라. 덕분에 좋은 구경했어."

"좋은 구경은 무슨. 괜히 무서운 일만 당했지."

"그래도 굉장히 강하더라. 역시 붉은 기사님의 동생은 달라."

"후후후, 그런가? 그럼 들어갈게."

"응, 잘 자."

비셀라가 방으로 들어간 후 메린은 응접실로 향했다. 늦은 시간이어서 응접실에는 아무도 없었다. 소파에 앉은 메린은 깊은 한숨을 쉬었다.

'어쩌지? 비셀라만 보면 두근거려.'

비셀라가 미소를 짓던 모습, 비셀라가 젠터의 칼을 받아내던 모습이 생생하게 떠올랐다. 가슴이 울렁거렸다.

"하아……."

자꾸만 한숨이 나왔다.

누군가 응접실 안으로 들어오는 것도 모를 만큼 메린은 자신을 찾아온 당혹스러운 감정에 휘둘리고 있었다.

"메린."

남자의 목소리에 메린이 화들짝 놀라 고개를 들었다.

"어머, 난 또 누구라구. 다리우스, 아직 안 잤어?"

"응, 잠이 안 와서. 너는?"

"나도 그래."

메린이 생긋 웃으며 소파 앞을 가리켰다. 훤칠한 키의 다리우스는 맞은편에 있는 소파에 앉았다.

"곧 검사학부 실습 시험이라는데, 자신 있어?"

"열심히 했으니까 그만큼 결과가 나오겠지. 저기, 메린. 나 너한테 하고 싶은 이야기가 있어."

"하고 싶은 얘기?"

"응, 그게……."

다리우스는 잠시 얼굴을 붉히고 머뭇거리더니 망토 안에서 뭔가를 꺼냈다. 시리도록 푸르게 빛나는 아름다운 장미였다. 은은한 빛이 홀릴 듯 매혹적이었다.

"받아줘, 메린. 나, 널 좋아하고 있어."

"어?"

생각지도 못한 고백에 메린이 눈을 크게 떴다. 다리우스는 얼굴을 새빨갛게 붉힌 채로 파란 장미를 내밀고 있었다.

메린은 망설였다. 다리우스에게 다른 감정을 품어본 적이 단 한 번도 없기 때문이다. 하지만 고백하면서 주는 장미를 안 받는 건 예의에 어긋났기에 메린은 조심스레 손을 뻗어 장미를 받았다.

지금까지 이렇게 아름다운 꽃을 본 적은 없었다. 다리우스의 갑작스러운 고백이 잊힐 만큼 꽃의 매력에 빠져들었다.

메린은 꽃잎에 자그마한 코를 대고 꽃향기를 맡았다. 아름다운 외향만큼이나 달콤하고 좋은 향기가 메린의 후각을 자극했다.

메린은 왠지 멍해지는 느낌을 받으며 다리우스에게 말했다.

"미안해, 다리우스. 난 아직 공부에 열중하고 싶어."

11장

다크엘프의 트릭씨드

올타 왕립 아카데미, 지하 도서관.

시험 기간이 아니라서 이용하는 사람이 별로 없었다. 입구에 있는 나이 든 사서만이 하품을 늘어지게 하며 지루한 듯 앉아 있었다.

팔락, 팔락.

책장 넘기는 소리는 도서관 가장 안쪽에서 들려왔다.

'여기도 없어!'

아카데미 학생의 망토를 걸친 루빈의 옆에는 수십 권의 책이 쌓여 있었다. 전부 루빈이 읽은 책이었다.

루빈은 두꺼운 책을 던져버리고 두 손으로 머리를 쥐어뜯었다.

이곳에 온 후, 백 권에 달하는 책을 읽었다. 책을 읽느라 잠도 안 잤다.

눈이 까슬까슬했지만 그보다는 가슴이 더 까슬거렸다.

비제이의 어깨를 점령한 붉은 스콜피언이 아직도 눈에 선하다. 피처럼 붉은 스콜피언은 살아 있는 것처럼 꼬리 가득 독을 품고 있었다. 비제이가 조금이라도 잘못하면 날카로운 꼬리로 찌르겠다는 듯이.

읽고 있는 책 제목은 〈트레저의 모든 것〉이라는 저렴한 제목을 가진 책이었다. 트레저에 대한 관심이 높아지면서 트레저 관련 책자도 많이 출간이 됐다.

책 가격은 평민의 한 달 수입을 넘어설 정도로 비쌌기 때문에 대부분 왕실 도서관이나 아카데미 도서관에만 구비되어 있었다. 그래서 대하기 어려운 라이빈에게 부탁까지 하며 왕립 도서관을 이용할 수 있게 되었다.

'젠장! 들어올 수 있으면 뭐해? 무슨 이따위 책들만 놔둔 거야?'

루빈은 안 읽은 책 중 아무거나 잡아 펼쳤다.

사락, 사락.

루빈은 놀라운 속도로 책을 읽었다. 5분도 지나지 않아 책 반 권을 읽던 루빈이 손을 멈췄다.

지금 읽는 건 〈미스터리 트레저의 세계로〉라는 삼류 필 나는 제목의 책이었다. 트레저에 대해 말도 안 되는 이야기만 잔뜩 써놓은 쓰레기 같은 책이었는데, 지금까지 읽은 책 중에 유일하게 스콜피언 대거에 대해 설명되어 있었다.

스콜피언 대거 (S급 덴저 트레저)

근원자 : 알려져 있지 않음

소유자 : 현재 알려져 있지 않음. 과거 켄시오 드 블렌 백작이 소유. 켄시오 드 블렌 백작의 사후 종적을 감췄음.

스콜피언 대거는 현존하는 가장 최악의 트레저이다.

날 부분은 전갈의 꼬리, 손잡이는 전갈의 대가리 모양으로 되어 있는 이 단검에는 무시무시한 능력이 있다. 바로 '전갈의 죽음'이라는 지상 최악의 저주를 거는 능력이다.

스콜피언 대거에 찔리면 어깨에 빨간색의 전갈 문양이 나타난다. 그것이 바로 '전갈의 죽음'에 걸렸다는 표식이다.

전갈의 죽음에 걸리면 마물로 변하게 된다. 변하는 시간은 사람에 따라 다르지만, 아무리 강한 자도 하루 이내에 마물로 변한다고 하니, 실로 무섭지 않을 수가 없다.

(마물 : 마계의 생명체를 일컫는 말로, 인간형의 마물은 마족이라 표기하기에, 마족을 제외한 마계의 모든 생물을 일컬어 마물이라 정의하겠다. (작가 주))

약 500년 전. 마계 전쟁 이후 마족은 중간계에 대한 관심을 최소한으로 줄이겠다고 약속했다는 문헌이 남아 있다.

그러나 켄시오 드 블렌 백작이 스콜피언 대거를 손에 넣은 후, 마계 전쟁을 기점으로 나타나지 않았던 마물을 만들어냈다. 살아 있는 인간에게 '전갈의 죽음'을 걸어버린 것이다.

켄시오 드 블렌 백작은 총 세 마리의 마물을 데리고 다니며, 대륙을 공포에 떨게 만들었다. 당시 잘 훈련된 천여 명의 병사조차 마물 한 마리를 당해내지 못했다고 하니, 그 강력함을 짐작할 수가 있다.

켄시오 드 블렌 백작은 아직도 전설이라 전해지는 최고의 검사 그로드의 손에 최후를 장식했다.

만약 그로드가 켄시오 드 블렌 백작을 막지 못했다면 현재의 대륙은 마족의 손아귀에 들어가지 않았을까 하는, 조심스러운 생각을 해본다.

전갈의 죽음을 푸는 방법에 대해서는 알려져 있지 않다. 모든 계를 통틀어 가장 강하고 끔찍한 저주를 거는 스콜피언 대거. 현재는 사라져서 알 수 없지만 누군가의 손에 들어가지 않기만을 아티멘 님께 빌 뿐이다.

말도 안 되는 얘기였다.

확실히 스콜피언 대거는 최악의 트레저이긴 하다. 전갈의 죽음 역시 끔찍하고, 마물이 강한 것도 사실이다. 하지만 스콜피언 대거 하나로 대륙을 멸망시키고 마족을 끌어들이는 일은 불가능하다.

덴저 트레저는 빠르게 소유자의 영혼을 먹어치운다. 영혼이
먹힌 소유자는 덴저 트레저의 욕망대로 행동하다가 결국 생기
가 다해 죽는다. 소유자가 죽으면 덴저 트레저가 내던 힘도 거
두어진다.

'소유자가 덴저 트레저를 정식으로 누군가한테 물려주면 힘
을 물려받긴 하지. 하지만…… 트레저에게 영혼을 먹히고 나
면 그런 생각 자체를 하기 힘들어. 트레저 자체가 생각할 수
있는 물건은 아니니까, 그냥 욕망대로만 행동하지. 스콜피언
대거를 누군가 가지고 있는데도 아직까지 마물 소동이 없는
걸 보면 그 사람은 상당한 힘이 있고 트레저의 힘을 자제하고
있다는 거야. 거의 비제이랑 비슷할 정도의 힘이라는 건
데…… 현 소유자가 도대체 누구인 거지? 왜 비제이를 찌른 거
지?'

루빈이 이 내용에 관심을 가진 건, 너무 말도 안 되기 때문
은 아니었다.

전설의 검사 그로드.

대륙 최초의 드래곤 슬레이어인 그로드는 아직도 회자될 만
큼 사람들 사이에서 인기가 좋았다. 그로드 전기, 그로드 연
극, 그로드 오페라, 그로드를 주제로 한 문학 작품도 무수히
쏟아져 나오고 있을 정도였다.

'그로드가 켄시오 백작을 죽였다고?'

처음 보는 내용이었다.

'둘이 동시대였나?'

루빈은 트레저에 대한 탐구욕이 높지만, 덴저 트레저에는 그다지 흥미가 없었다. 그래서 스콜피언 대거에 대한 것도 자세히는 알지 못했다. '전갈의 죽음'이란 끔찍한 저주의 도구라는 것밖에는.

'만약 둘이 동시대였고, 그로드가 켄시오 백작을 죽였다면……'

자박, 자박.

집중하고 있던 루빈은 눈앞에 보이는 자그마한 발을 발견하고는 고개를 들었다. 모르는 얼굴의 소녀가 서 있었다.

아카데미 학생이라는 것을 상징하는 진회색 망토. 그 안에 수수한 녹색 원피스를 입은 소녀는 루빈을 보며 생글생글 웃었다. 루빈은 인상을 찌푸리고 소녀를 노려봤다.

"뭐야? 책 읽는 거 안 보여?"

"루빈, 맞지? 난 벨스야."

"근데?"

"우리 마법학부로 전학 왔잖아. 난 1학년 반장이거든. 그래서 교수님한테 널 부탁받았어. 벌써 삼 일이나 지났는데, 왜 수업에 안 들어오니?"

"알 거 없잖아."

"그러면 학교에서 잘릴지도 몰라. 우리 학교는 출석에 엄하거든."

"잘려도 내 사정이야. 네가 상관할 거 없어."

"루빈, 루빈. 너 되게 예민하구나? 무슨 걱정거리 있니?"

"꺼지라고!"

"루빈."

벨스는 기분이 나쁘지도 않은지 연신 웃는 표정이었다. 루빈은 어쩐지 목 뒷덜미가 서늘해졌다. 저렇게 바보 같아 보일 정도로 싱글싱글 웃는 건 비제이에게나 잘 어울리는 일이기 때문이다.

"일주일에 한 번씩 우리 대사제님께서 평안의 설교를 해주셔. 내일모레가 바로 그날이야. 너도 같이 가볼래?"

"……대사제?"

왕립 아카데미에 대사제가 왔다는 말은 처음 들었다. 루빈이 천천히 몸을 일으켰다.

"대사제님의 말씀을 들으면 마음이 편해지고 날아갈 것 같은 기분이 돼. 그리고 이 꽃의 향기를 맡으면 날개가 생기는 기분이 들어."

벨스가 망토 안에서 꽃을 꺼냈다. 새파란 꽃잎의 장미.

"너, 그걸 어디서……!"

예상치 못했던 상황이라서 루빈은 어리석은 행동을 하고 말았다. 벨스의 손에서 장미를 뺏으려고 시도했던 것이다.

벨스는 황급히 장미를 뒤로 감추며 루빈을 쳐다봤다.

"왜 그래, 루빈? 내일모레 집회에 나오면 너도 받을 수 있어. 그리고 이걸 사랑하는 사람한테 주면, 너는……."

"그거 이리 내놔! 그거 위험한 거라구!"

"무슨 소리를 하는 거야, 루빈? 이건 고귀한 거야. 소중한 사랑을 이루어주는 아름다운 꽃이라구."

"미쳤어? 그건……."

퍽!

다른 사람이 있을 줄은 몰랐다.

책장에 몸을 감추고 있던 덩치 큰 소년이 갑자기 달려나와 주먹으로 루빈의 복부를 때렸다. 덩치로 봐서는 검사학부의 학생인 것 같았다.

루빈은 두 팔로 배를 감쌌다.

"크…… 니들……."

"왜 우리 부르드 님의 꽃에 해를 가하려는 거냐? 네놈은 아티멘교의 스파이냐?"

"도대체……."

"우리 부르드 님은 사랑과 순결의 신이시다! 이 꽃은 부르드 님의 전언, 부르드 님의 마음이라구! 네놈이 그렇게 막 다룰 꽃이 아니야!"

"제기랄."

어디에 숨어 있었는지 몇 명의 소년들이 루빈을 둘러쌌다. 루빈은 절망했다. 소년들의 뒤에 서 있는 여자, 도서관 사서였다.

'전부 홀린 건가? 여기가 거점이었던 거야?'

루빈은 정신을 차리려고 노력하며 낮은 목소리로 주문을 외웠다.

"윈드."

아버지인 호페에게 배워서 캐스팅 없이도 마법을 쓸 수 있었다. 하지만……

'왜 안 되지?'

루빈은 몰랐다. 왕립 아카데미는 지정된 장소를 제외하고는 마법을 사용할 수 없도록 금해놓았다는 것을.

"윈드, 윈드, 윈드! 제기랄! 파이어! 파이어!"

소년들이 가까이 다가왔다. 루빈은 절규하듯 시동어를 부르짖었지만, 마법 공격이 시전되지 않았다.

'제기랄! 무기를 괜히 놔두고 왔어!'

늘 소지하고 다니는 비밀 무기가 하나 있다. 아버지가 비제이에게 선물 받은 건데, 세상은 무서우니까 꼭 가지고 다니라며 루빈에게 물려주었다. 왕립 아카데미에서 무슨 일이야 생길까 싶어 놔두고 왔는데, 생겨도 단단히 생겼다.

앞으로는 절대로 떼놓지 말아야겠다고 다짐하는 루빈. 그런 루빈의 머리를 한 소년이 단단한 목검으로 호되게 후려쳤다.

'에이 씨! 진짜 짜증나 죽겠네!'

라는 생각을 마지막으로, 루빈은 정신을 잃었다.

아카데미에 들어온 지 나흘이 흘렀지만, 비제이에게 접근하는 인물은 아무도 없었다. 이쯤 되면 상대 쪽에서 사람을 보낼 줄 알았는데, 그것도 아니었다. 단단히 몸을 사리고 있는 모양이다.

일단 짐작이 가는 사람은 있었다. 하지만 함부로 몰아세우다가 더 큰 희생이 일어날 것 같았다. 어떤 식으로 이 사건을 처리해야 할지 고민하던 중에 나흘이 흘렀다.

처리할 방법이 떠오르긴 했는데 워낙 끔찍한 방법이었다. 하지만 아무리 고민을 해도 그 방법 이외에는 다른 방법이 없었다.

'미치겠군.'

비제이는 머리를 북북 긁다가 침대에 드러누웠다.

푹신한 침대가 조금도 편하게 느껴지지 않았다. 희생을 줄이기 위한 그 방법이 너무도 마음에 들지 않았기 때문이다.

'어쩔 수 없지.'

조용하던 붉은 전갈이 꼬리를 퍼덕이기 시작했다. 어깨에서부터 온몸으로 퍼지는 고통에 비제이는 눈을 감았다.

'어차피 나 하나 나쁜 놈 되면 되는 거겠지. 살 날이 길지도 않으니까. 내일 라이빈 교수한테 말해야겠군.'

오늘은 라이빈 교수 담당인 마법 실습 수업이 있는 날이다.

마법 실습은 일주일에 한 번뿐인데 라이빈 교수가 담당이었다.

"일주일에 한 번 하면서 돈을 받아먹다니. 완전 날로 먹네. 나도 교수나 해볼까? 헌터학은 안 생기나?"

복도로 나가자 몇 명의 학생들이 다가왔다. 비제이와 같은 마법학부 3학년 학생들이었다. 그들 중에 숨 쉬는 사람은 한 명. 하지만 겉으로 보기엔 역시 멀쩡하다. 라이빈 교수가 비제이의 계획을 받아들여 줄지 모르겠다.

"비셀라 님, 같이 가요."

"실습 장소 모르시죠? 있죠, 거기서만 마법을 사용할 수 있어요."

"전 아직 1서클 마법들의 수식도 잘 못 외우겠어요. 비셀라 님은 마법을 사용하실 수 있나요?"

재잘재잘 떠드는 학생들과 함께 실습 장소로 향했다. 마법 실습실은 수업을 받던 건물 바로 옆에 있었는데, 교수실이 있는 건물의 3층 전체를 쓰고 있었다.

"비셀라."

막 실습을 받고 나오던 7학년 학생들 중 메린이 비제이에게 다가왔다. 다른 7학년 학생들은,

'쟤가 붉은 기사님의…… 맞지?'

'가까이서 보는 건 처음이네. 인형 같다.'

'예쁜데?'

'역시 혈통이 다르긴 달라.'

라고 속삭이며 부담스러울 정도의 시선을 보내고 있었다.

"안녕하세요, 메린 님."

비제이 주변에 있던 학생들이 메린에게 인사를 보냈다. 메린은 그들을 향해 상냥한 미소를 지어주고는 비제이에게 말했다.

"비셀라, 오늘 저녁 먹고 시간 좀 있어?"

"저녁 먹고? 난 괜찮긴 한데……."

'무슨 일인데?' 라는 질문을 꿀꺽 삼켰다. 비제이의 눈이 차갑게 가라앉았다.

'제길, 메린도 홀렸잖아. 얼마나 된 거지?'

저번 외출 이후 메린과 마주친 건 처음이었다.

'어쨌든 일주일이 지나진 않았군. 그땐 분명 정상이었으니까. 하아, 이제 진짜 어쩔 수 없나?'

올타 왕립 아카데미에 다니는 학생들은 대부분 올타국 사람들이었다. 이곳에서 사건이 일어나 죽는다고 해도 나라 내의 사정인 것이다. 그러나 키리반 왕국의 후작 칼페디온의 하나밖에 없는 딸이 이곳에서 죽는다면 얘기가 달라진다.

올타 왕립 아카데미의 잘못이 없다고 해도 그건 전쟁으로 이어질 것이다. 그리고 몇 배는 더 많은 사상자가 생기게 되겠지.

딸을 잃은 칼페디온 후작은 인정사정 봐주지 않을 것이 분명

하다. 그 어떤 명분을 세워서라도 군대를 일으킬 것이다.

'그런 일은 안 되지.'

비제이는 굳은 표정을 지우고 메린을 향해 미소 지었다.

"메린, 그럼 이따 수업 끝나고 같이 저녁 먹자."

"어머, 그럴까? 수업 잘 듣고 이따가 봐."

메린이 친구들과 함께 기숙사 쪽으로 걸어갔다.

"비셀라 님은 메린 님이랑도 친하신가 봐요."

"역시 뭐가 달라도 다르세요."

옆에 있던 여학생들이 부럽다는 듯 중얼거렸다. 메린이 편안한 성격이기는 해도 키리반 왕국 후작의 딸이라는 점 때문에 쉽게 다가갈 수가 없었기 때문이다.

비제이는 별거 아니라는 듯, '흥……' 하고 코웃음을 치고는 다시 걸음을 옮겼다. 아니, 옮기려고 했다. 그런데 이번엔 굵직한 목소리가 비제이를 붙잡았다.

"비셀라 님."

검은 머리카락에 눈이 길게 찢어진 남자답게 생긴 소년이었다. 어깨가 넓고 팔은 근육질, 자세가 바른 것을 보니 검사학부 학생인 것 같았다.

처음 보는 얼굴이었기에 비제이는 소년을 물끄러미 응시했다.

"저, 저는 검사학부의 지크라고 합니다. 저…… 하고 싶은 이야기가 있어서 그러는데…… 잠시 시간 좀 내주실 수 있을

까요?"

비제이를 둘러싸고 있던 학생들이 모두 지크를 쳐다봤다. 자신에게 관심이 주목되자 지크는 얼굴이 빨개졌다. 하지만 고개를 숙이지 않고 비제이의 대답을 기다렸다.

비제이는 묵묵히 지크를 응시했다.

'이 녀석은 안 홀렸군.'

"버릇없는 놈! 평민 주제에 감히 우리 비셀라 님께 말을 걸어?"

비제이는 가만히 있는데 옆에 있던 남학생이 지크에게 면박을 줬다.

아카데미는 귀족의 자제도, 평민의 자제도 다닐 수 있지만 서열 관계는 분명히 존재했다. 평민 학생들은 귀족 학생에게 가까이 갈 수 없었고, 귀족 학생은 평민들을 벌레 대하듯 대했다.

식당이든 매점이든, 귀족 학생 네 명이 모이면 평민 학생은 알아서 자리를 비켜줘야 하는 것이 당연시되어가고 있을 정도였다.

비제이는 지금 오만한 백작의 영애였기에 차가운 눈으로 지크를 쏘아봤다.

"정말 불쾌하군요, 가죠."

"비, 비셀라 님!"

다른 때라면 물러났을 테지만 지크에게는 여유가 없었다.

귀족의 자제들에게 면박을 당했는데도 불러대는 지크에게 말 못 할 사정이 있는 게 틀림없었다.

'침잠의 장미랑 관련된 건가?'

무슨 일이든, 이런 곳에서 얘기할 만한 것은 아니다. 게다가 비제이는 수업도 들어가야 했다.

"그 더러운 입으로 자꾸 내 이름을 불러대다니…… 검사학부라고 했죠?"

"……네. 아, 네. 저는 그러니까……."

"입 다무세요. 난 지금 수업을 들으러 가는 길이에요. 더 이상 방해하지 말고 돌아가세요."

"하지만 비셀라 님……."

"가세요!"

지크는 아랫입술을 깨물었다.

붉은 기사의 동생인 비셀라라면 자신이 가지고 있는 고민을 해결해줄 수 있을지도 모른다고 생각했는데, 역시 귀족이란 것들은 오만하기 짝이 없다.

지크는 어깨를 축 늘어뜨리고 기숙사로 향했다.

검사학부 자습 시간이었다. 누구보다도 열심히 연습을 하던 지크였지만, 지금은 학교 공부 따위에 시간을 보낼 여유가 없다. 그보다 더 중요하고도 끔찍한 문제가 있었다.

지크는 2인실 기숙사 방문을 열었다.

"빅터……."

차마 방에 들어가지도 못하고, 룸메이트의 이름을 불렀다.

이름이 불린 빅터가 천천히 고개를 돌려 지크를 쳐다봤다. 자신의 이름을 들어서 반응하는 건지 그저 소리가 들려서 쳐다본 건지조차 지크는 알 수 없었다.

"빅터…… 널 위해 해줄 수 있는 게 없나 봐……."

빅터는 공허한 눈으로 지크를 쳐다봤다.

빅터의 정수리에는 괴상하게 생긴 나무가 뿌리를 내리고 있었다.

* * *

"오늘은 1서클 마법 중 하나인 멜트에 대해 배워보도록 하겠습니다. 마법 이론 시간에 멜트의 수식에 대해서는 다 배웠지요? 못 외운 사람 있나요?"

부스럭, 부스럭.

몇 명이 부끄러운 표정으로 손을 들었다.

"아직 마나를 느끼지 못하더라도 수식은 반드시 외워둬야 합니다. 서클을 마스터해도 수식을 모른다면 마법을 시전할 수 없으니까요. 알겠나요?"

"네, 교수님!"

"혹시나 해서 묻는 건데…… 마법 1서클을 마스터한 사람 있나요?"

아무도 손을 들지 않았다. 라이빈은 속으로 웃으며 비제이를 응시했다.

'아버지의 제자라면 2서클 정도는 마스터했을 텐데. 감추고 있는 건가?'

비제이는 눈을 감고 있었는데 표정이 심상치 않아 보였다. 라이빈은 비제이에게서 시선을 떼고 마법 시전에 대해 설명하기 시작했다.

"8학년 중에도 아직 마법을 제대로 시전하지 못하는 학생들이 있으니 지금 마법을 사용하지 못한다고 해서 주눅이 들 건 없습니다. 중요한 건, 얼마나 마나를 잘 느끼고 집중하느냐입니다. 지금쯤이면 어느 정도 마나를 느낄 수 있을 겁니다. 맞죠?"

"네, 교수님."

"좋습니다. 그럼 저번에 배웠던 아이스 마법에 대해서 복습해보겠습니다."

라이빈 교수는 아이스 마법의 수식과 시전에 대해 간략하게 설명했다.

"저번 주에 연습 많이 했나요? 아이스 마법 시전에 성공한 사람 있습니까?"

세 명 정도가 손을 들었다. 라이빈 교수는 고개를 끄덕이며 바닥에 내려놨던 상자를 열었다. 안에는 자그마한 흰색 쥐가 꼬물거리고 있었다.

"꺅!"

"쥐야, 쥐."

"어머, 귀여워!"

여학생들이 꺅꺅거리는데 비제이가 눈을 떴다.

'한 명이 더 호흡을 멈췄어. 이러다가는 마법학부 학생들이 전부 죽어나가겠군.'

시간이 많지 않았다. 침잠의 장미의 영향을 받은 사람이 몇 명이나 되는지는 모르겠지만, 제대로 해결을 한다고 해도 많은 학생들이 희생될 것이다. 호흡이 멈춘 사람들은 되살릴 수 없으니까.

"익숙해지면 주문 없이도 캐스팅을 하면서 마법 시전을 할 수 있습니다. 하지만 여러분은 아직 익숙하지 않으니, 주문을 외우면서 정신을 집중하는 게 필요합니다. 비셀라."

'라이빈 교수는 이번 사건에 대해 아는 게 없나? 후작의 딸인 메린까지 당할 정도라면, 라이빈 교수 쪽에도 접근을 했을 텐데 말이야. 눈을 보면 홀린 것 같진 않은데……'

"비셀라!"

"아, 네."

뒤늦게 자기 이름을 부른다는 걸 깨달은 비제이가 벌떡 일어났다. 라이빈이 손짓했다.

"자, 앞으로 나오세요."

"네, 교수님."

비제이가 콧소리를 섞어 대답하며 앞으로 나갔다.

"멜트 마법은 아이스 마법으로 얼어붙은 사람을 살려주는 마법이에요. 초보 마법사가 아이스를 사용하면 표면만 살짝 얼어붙고 그만이지만, 강한 아이스 마법은 심장까지 얼려서 죽게 될 수도 있습니다. 그때는 곁에서 불을 쬐어준다고 녹는 게 아니에요. 몸 내부까지 녹여주는 멜트 마법이 필요하죠."

조근조근 설명한 라이빈이 비제이를 보며 말했다.

"이제부터 이 가련한 생쥐에게 아이스 마법을 걸 거예요. 그러면 비셀라가 멜트 마법으로 녹여주세요."

"어머, 교수님. 전 아직 마법을 사용하지 못해요."

"비셀라라면 할 수 있어요. 이 생쥐가 무사하기를 강하게 염원하면서 멜트 마법을 시전하면 돼요. 캐스팅 시간은 충분히 줄 테니까, 걱정하지 마세요."

학생들이 기대에 찬 눈으로 비제이를 쳐다봤다.

대륙의 영웅 붉은 기사의 여동생, 헤레이스의 동생이라면 멜트 마법 정도는 가볍게 사용할 수 있으리란 기대였다.

비제이는 눈을 가늘게 뜨고 라이빈을 째려봤다. 라이빈이 비제이의 귀에 속삭였다.

"긴히 할 말이 있으니 수업이 끝난 후에 교수실로 오세요."

"전 마법을 못 씁니다, 라이빈 교수."

"아버지의 제자가 간단한 멜트 마법도 못 쓴다는 게 말이 되겠습니까? 적당히 캐스팅하고 주문을 외워서 녹여주세요."

라이빈은 캐스팅 없이도 아이스를 시전할 수 있었지만, 학생들을 위해 주문을 외워 생쥐를 얼렸다.

파삭.

꼬물거리던 생쥐가 움직임을 멈췄다. 하얀 털이 순식간에 얼음으로 뒤덮였다.

"꺄!"

"불쌍해."

여학생들이 작게 속삭였다.

"가볍게 겉만 얼렸으니, 녹이는 건 어렵지 않을 거예요."

'가벼워? 이게?'

생쥐는 심장까지 꽁꽁 얼어 있었다. 뭘 모르는 학생들이야 가볍게 겉만 얼렸구나, 하겠지만 비제이는 그렇지 않았다. 이 정도까지 얼렸는데 죽이지 않게 녹이려면 적어도 2서클을 마스터한 마법사여야 했다.

'내 능력을 알아보려고 하는 건가?'

비제이는 잠시 망설였다.

아무리 루빈의 형이라지만 완전히 믿을 수는 없었다. 비제이가 믿는 건 루빈이지, 그의 형이 아니었다.

'하아, 이걸 어쩐다.'

비제이가 마법을 사용할 줄 안다는 건 레이와 후딘밖에 몰랐다. 게다가 레이와 후딘도 비제이가 고작 2서클을 마스터했다고 알고 있을 뿐이었다.

그때였다.

벌컥!

마법 연습실의 문이 거칠게 열렸다.

"라, 라이빈 교수님!"

카밀레가 숨을 헐떡이며 외쳤다.

"야, 약초학부 아이가…… 약초학부 아이가……!"

"무슨 일입니까, 카밀레 교수님?"

"약초학부 아이가 죽었어요!"

카밀레가 비명을 지르듯 말했다.

카밀레의 말이 가져온 파장은 컸다. 귀족이든 평민이든 학생들은 아직 어렸다. 죽음을 경험하기에는 터무니없이 어린 나이였다.

학생들이 웅성거리는 틈에 비제이는 생쥐에게 멜트 마법을 걸었다.

"멜트."

작은 음성으로 속삭이자 금방이라도 부서질 것처럼 얼었던 생쥐가 순식간에 녹아 꿈틀거렸다. 라이빈은 다급한 순간에도 그것을 놓치지 않았다.

'역시…… 저 정도면 2서클, 아니 3서클 익스퍼러인가?'

라이빈이 웅성거리는 학생들에게 말했다.

"아카데미 내에 일이 생긴 것 같네요. 다들 조용히, 질서를 지켜서 기숙사로 돌아가세요. 다른 곳으로 빠지는 사람은 후에 크게 처벌할 겁니다. 반장, 학생들을 챙겨주세요. 아, 그리고 비셀라 양은 날 따라오세요. 키리반 왕립 아카데미에서 편지가 와 있습니다."

* * *

약초학부 교실은 마법 연습실과 떨어진 건물에 있었다. 다른 교수들에게도 전해진 건지 학생들이 기숙사로 걸어가는 모습이 보였다. 그중에 죽음에 관심을 가지고 기웃거리는 학생이 있었지만 관리인인 한스가 지키고 서서 학생들을 기숙사로 돌려보냈다.

"비셀라 양은 내 교수실에 가서 기다리세요."

라이빈이 카밀레를 따라가며 말했다.

"네, 교수님."

라이빈이 약초학부 교실로 가는 걸 확인한 비제이는 어떻게 해야 할지 잠시 망설이다가 기숙사로 향했다. 메린을 만나야 했기 때문이었다.

기숙사 복도에선 사감들과 교수들이 지키고 서서 아이들을 자기 방으로 들어가게 지도하는 중이었다. 비제이가 메린의 방으로 향하자 교수 한 명이 다가왔다.

"비셀라, 방으로 돌아가야 한다."

"하지만 무서워서…… 살인 사건이라니…… 전 너무 무서워서요……."

비제이가 울먹거리며 말하자 교수는 마음이 약해졌다. 가녀
린 여학생이 무서워서 벌벌 떠는데 모질게 대할 수가 없었다.

"그, 그럼 어디로 가려고 하지?"

"메린이랑 같이 있고 싶어요. 부탁이에요, 교수님. 저, 저 정
말 너무 무서워요."

"하아. 그래, 알겠다. 너만 특별히 허락해주는 거야. 방에서
나오면 안 된다. 알겠지?"

"고맙습니다."

비제이는 교수의 마음이 바뀌기 전에 재빨리 몸을 돌려 메린
의 방으로 달려갔다.

똑똑.

문을 두드리자 메린이 문을 열더니 놀란 듯 눈을 크게 떴다.

"비셀라? 여긴 어떻게 왔어?"

"너무 무서워서…… 교수님이 너랑 같이 있어도 된다고 했
거든."

"어머, 그래? 잘됐다. 나도 무서웠는데…… 얼른 들어와."

메린이 옆으로 비켜줬다.

비제이는 메린의 방으로 들어가 문을 잠갔다.

"학생이 죽다니…… 정말 깜짝 놀랐지 뭐야. 이상한 약초를
사용한 걸까? 아카데미에 위험한 약초도 있거든. 만약 그런 거
라면 약초학부 교수님이 잘리게 되겠지? 난 약초학부 교수님

좋아했었는데."

메린이 차를 따르며 말했다.

"으응, 근데 메린. 아까 왜 보자고 한 거였어? 나랑 할 얘기
있어?"

"응? 아, 그거……."

탁.

메린이 둥근 원형 테이블에 찻잔을 내려놨다. 향이 좋은 다
즐링 차였다.

"비셀라, 너…… 아티멘교에 대해 어떻게 생각해?"

"아티멘교? 진실과 죽음의 신인 아티멘 님이시잖아. 유일한
진실을 보게 해주는 신. 라트 대륙 전체를 지배하는, 신들 중
의 신."

"흐응, 물론 다들 그렇게는 알고 있지만…… 사실 그보다 더
대단한 신이 있다면 어떻게 할래?"

"더 대단한 신?"

"마음의 평안과 영혼의 안식을 주관하는 신이셔. 아티멘이
죽여 없앤 인간의 영혼을 부르드 님이 이끌어주시지. 그분이
야 말로 신 중의 신이야."

"……부르드…… 님?"

"응, 비셀라."

메린이 책상 서랍을 열어 파란 장미를 꺼냈다. 메린은 장미
를 코에 가까이 대고 한껏 향기를 음미했다. 그러고는 비제이

에게 다가와 장미를 내밀었다.

"너도 우리 부르드교에 들어오지 않을래?"

"어머, 메린! 너도 부르드교였구나!"

"응?"

"웬일이니, 웬일이니! 나도 부르드교거든. 부르드 님, 정말 대단하시잖아. 나도 널 전도하고 싶었는데, 잘됐다, 얘."

비제이의 반응을 예상하지 못했는지 메린은 몹시 당황한 듯했다. 비제이는 깔깔 웃으며 아베트로에게 받았던 파란 장미를 꺼냈다.

"이것 봐봐, 우리 부르드교의 상징."

"아! 비셀라, 너도 부르드교였구나."

메린의 표정이 밝아졌다. 비제이는 빙긋 웃었다.

"응, 난 꽤 오래전부터 부르드교였어. 너도 부르드교였다니. 우리 정말 마음이 맞는 친구인가 봐."

"그러게 말이야. 정말 좋다, 비셀라."

"그럼 메린, 그거 알아?"

비제이가 은밀하게 말하자 메린이 비제이에게 다가왔다. 비제이는 메린의 귀에 대고 작게 속삭였다.

"약초학부 학생의 죽음도 우리 부르드 님의 뜻이야."

"헉! 저, 정말?"

"응, 그리고 부르드 교주님의 전언이 있었어. 지금 당장 아무도 모르게 아카데미를 빠져나와서 시내에 대기하래."

"나, 나는 그런 말 못 들었는데……."

메린은 혼란스러운 듯했다.

"난 사제거든. 교주님의 전언을 바로 듣게 되어 있어."

"아, 그렇구나. 그런데 어떻게 빠져나가지? 지금 약초학부 학생이 죽어서 기숙사 밖으로 나갈 수가 없는데."

"그건……."

비제이는 창문으로 다가가 바깥을 확인했다. 대부분의 교수들이 약초학부 교실로 향했기 때문에 교정은 오히려 한산했다.

"뛰어내리자."

"이 높은 데서? 여긴 5층이야, 비셀라."

"응, 내가 할 수 있어. 이리 와서 날 꽉 붙잡아."

메린은 시키는 대로 비제이의 목에 업히듯 매달렸다. 비제이는 메린이 잘 매달렸다는 걸 확인한 후 창밖으로 몸을 날렸다. 메린의 팔이 비제이의 목을 꽉 옥죄는 게 느껴졌다.

탁.

비제이는 가볍게 바닥에 착지했다. 잠시 귀를 기울였지만, 이쪽으로 오는 발걸음 소리는 들리지 않았다.

"됐어, 메린. 이제 놔줘도 돼."

"응? 아, 으응. 미안해."

메린이 얼굴을 붉히고 팔에서 힘을 뺐다. 비제이는 메린의 손을 잡고 담벼락으로 달렸다.

"비셀라, 담에는 마법이……."

"괜찮아. 가만히 있어봐."

담 앞에서 비제이는 메린의 어깨에 손을 얹었다.

"루버 쉴드."

비제이가 낮게 시동어를 외우자 메린의 몸 주위에 고무 재질의 방어막이 생겼다. 메린이 눈을 크게 떴다.

"비, 비셀라. 어떻게 캐스팅도 없이……."

"부르드 님이 주신 힘이야."

"나, 나도 그런 힘을 갖고 싶어."

메린이 부럽다는 듯 말했다. 비제이가 씁쓸하게 웃으며 메린의 어깨를 토닥였다.

"응, 너도 곧 갖게 될 거야. 이걸 가지고 저번에 갔던 골목의 가게로 가. 젠터를 만났던 곳. 어딘지 알지?"

비제이가 주머니에서 편지 봉투를 꺼내 메린에게 건넸다. 하얀 봉투는 붉은 양초로 밀봉되어 있었고 알아보기 힘든 문양이 찍혀 있었다.

"으응."

"거기서 가게 주인한테 이걸 보여주면 누군가한테 안내할 거야. 그 사람한테 이 봉투를 건네. 그럼 너도 나 같은 힘을 사용할 수 있어."

"아, 정말?"

"응, 정말. 담에서 뛰어내리면 바로 거기로 달려가야 돼. 알겠지? 누가 불러도 돌아보지 말고. 부르드 님의 전언을 방해하려는 무리들이 있으니까. 알겠지?"

"응, 알겠어. 꼭 그렇게 할게."

"그래, 좋아."

비제이가 메린의 허리를 단단히 감싸고 담 위로 점프했다. 한 번에 가볍게 담에 올라간 비제이는 메린에게 부양 마법을 걸어, 바닥으로 안전하게 착지시켰다.

"그럼 달려."

"응!"

메린이 시내로 달려가는 걸 보며, 비제이는 안도의 한숨을 쉬었다.

'일단 하나는 해결이고. 이제 다음으로 넘어가야겠군.'

메린은 정신없이 달렸다. 뒤에서 경비병들이 부르는 소리가 들렸지만 돌아보지 않았다.

비셀라가 사용하는 마법의 힘이 부러웠다. 자신도 그런 힘을 가지고 싶었다. 그 힘을 갖게 된다면······.

'뭘 하고 싶은 거지? 분명······ 뭔가 하고 싶은 일이 있었는데······?'

며칠 전부터 이상하게 정신이 멍하다. 자다가 깨면 가끔 자기 이름이 뭔지 잊게 되는 날도 있었다.

'그래, 난 부르드 님을 위해 그 힘을 사용하고 싶은 거야.'

그런데 그게 정말일까? 부르드 님을 위해 사용하고 싶은 걸까? 분명 더 소중한 게 있었던 거 같은데.

"부르드 님은 위대하시다. 네 영혼의 안식을 주관할 신
중의 신이시다."

때때로 머릿속에 울려 퍼지는 낮고 힘 있는 음성. 메린은 잠
깐 걸음을 멈췄다가 다시 달렸다. 얼른 강한 힘을 갖고 싶다.
부르드 님을 위해.

메린이 어둔 골목으로 들어가자 뒤를 쫓던 경비병들도 더 이
상 따라오지 않았다. 아방카의 영역이기 때문이다.

메린은 다른 곳에 주의를 뺏기지 않고 저번에 갔던 가게로 달려
들어갔다. 가게 주인인 타니가 메린을 보고 놀란 듯 일어났다.

"어이구, 아가씨. 여긴 어쩐 일로……."

"이걸!"

봉투를 본 타니가 허둥지둥 메린을 2층으로 안내했다. 저번
에 비셀라가 혼자 들어갔던 방. 어떤 방인지 궁금했었는데.

똑똑.

"대장, 손님입니다."

"오냐."

달칵.

문이 열리자 어둠이 메린을 반겼다. 메린은 두렵지 않았다.
부르드 님이 함께 계시니까.

"누구냐?"

"이걸 보여드리려고 왔어요."

메린은 침착하게 거대한 그림자에게 봉투를 건넸다. 봉투를 받아든 그림자가 불을 켰다. 주위가 환해지고 곰처럼 거대한 남자가 모습을 드러냈다. 몇 살인지 가늠할 수 없는, 험악한 인상의 남자였다.

"흐음, 거기 앉으시게."

"네."

메린이 소파에 앉자 아베트로는 봉투의 인장을 확인했다. 드래곤의 날개가 찍힌 문장은 몇 년 전 사라진, 한 공작 가문의 문장이었다.

아베트로.

상황이 급해졌어.

이 봉투를 가져간 아가씨는 키리반 왕국의 칼페디온 후작의 영애야. 그 아가씨가 올타에서 다치게 되면 전쟁이 일어날 거야.

아마 이상한 행동을 보일지도 몰라. 그러니까 묶든, 기절을 시키든, 그 아가씨를 밖으로 나가지 못하게 해줘. 어떻게든 그 아가씨를 보호해줘.

부탁할게.

B.J.

"망할 놈."

편지를 다 읽은 아베트로는 욕설을 중얼거리며 편지를 구겨
버렸다.

"허구한 날 시켜먹고 있어."

아베트로는 후작의 딸이라는 메린을 조용히 응시했다. 메린
은 뭔가 기대에 찬 눈으로 아베트로를 바라보고 있었다. 아베
트로는 메린을 향해 씩 웃으며 말했다.

"이봐, 아가씨. 술 마실 줄 알아?"

*　　　*　　　*

비제이는 라이빈의 교수실로 돌아갔다. 돌아가는 중에 아무
도 만나지 않았다. 다행이었다.

교수실에 들어가 문을 잠그자마자 천장에 숨어 있던 레이와
후딘이 아래로 내려왔다.

"약초학부 아이가 죽은 거, 확인했어?"

"내가 보고 왔다."

후딘이 담배를 입에 물며 말했다.

"끔찍하더군."

"침잠의 장미야?"

"그런 것 같아. 카밀레 교수가 수업 중이었는데, 약초를 빻
고 있었거든. 여학생인데, 겉으로 보기에는 멀쩡했어. 하라는

대로 잘 빨다가 갑자기 움직임을 멈췄어."

"그리고 새까맣게 변했겠지."

"응, 뭐라고 표현해야 되지? 흐물흐물해졌달까? 오래된 시
체처럼 까맣게 돼서 흐물흐물 녹아버리더군. 그리고 악취
가…… 아, 젠장. 귀여운 여자애였는데……."

후딘은 아직도 욕지기가 치미는지 급하게 담배를 빨았다.

"죽은 채로 오래 있어서 그래. 영혼을 빼앗기고도 일주일 정
도 더 살아 있었겠지."

비제이는 라이빈의 책상 의자에 앉아, 책상 서랍을 뒤지기
시작했다.

부스럭, 부스럭.

"일단 메린 양은 아카데미 밖으로 내보냈으니까, 전쟁이 일
어날 일은 없을 거야. 레이, 지크라는 아이도 확인해봤어?"

레이가 고개를 끄덕였다.

비제이는 아까 복도에서 지크가 돌아간 후에 천장에 눈짓을
했다. 지크에게 뭔가 있는 것 같으니 확인하라는 뜻이었다. 지
크의 움직임을 확인한 건 레이였다.

"어때? 뭔가 있어?"

"그건 네가 직접 봐야 할 것 같다. 나도 뭐가 뭔지……."

"왜? 침잠의 장미 관련이야?"

"그건 아닌 것 같고……."

레이는 혼란스러운 표정이었다. 붉은 검사 헤레이스의 이런

반응이 심상치 않았는지, 후딘이 고개를 갸웃했다.

"지크는 멀쩡한데, 그 녀석 룸메이트인 녀석이……."

레이가 미간을 좁히고 말했다.

"머리에서 식물이 자라고 있더군."

"뭐?"

"이상한 모양으로 뒤틀린 나무였다. 그러니까……."

레이는 말로 표현하기 어려운지 책상에 있던 깃털 펜을 들어 종이에 그림을 그렸다. 두 개의 줄기가 꼬여서 여자의 상체를 만들어낸 그림이었다.

"이건……!"

비제이의 눈동자가 흔들렸다.

"빌어먹을! 도대체 무슨 일이 벌어지는 거지?"

쾅!

비제이가 책상을 내리쳤다. 평소답지 않게 혼란스러운 모습이었다.

"이게 뭔데?"

"트릭씨드. 생물이 섭취하면 몸 안에 뿌리를 내리고 자라기 시작해. 생물의 몸을 양분으로 삼아서 자라다가, 결국 숙주 자체를 나무로 만들어버리지. 이 나무는 다크엘프가 사는 블랙우드에만 자라는 나무야. 다크엘프 이외의 생물이 만지면 그 안으로 흡수당해. 그 안에서 뭐가 어떻게 되는지는 확인되지 않았어."

"그래서 블랙우드에 들어간 사람들이 돌아오지 못하는 건가?"

"아마도. 다크엘프의 장로가 나무 앞에서 기원하면 흡수했다가도 돌려보내 준다는 얘기가 있긴 한데…… 아무튼 이건 다크엘프를 보호하는 나무야."

"원래 사람에게 기생해?"

"아니, 원래는 그냥 종자를 땅에 심어서 자라게 해. 다크엘프가 그렇게까지 잔인한 종족은 아니니까."

비제이는 잠시 한숨을 내쉬고 설명했다.

"120년 전인가? 아티멘 교단에서 성기사랑 마법사들을 블랙우드로 보낸 적이 있어. 이종족을 멸종시키기 위해서. 그때 큰 전투가 벌어졌는데, 마법사들의 마법 때문에 블랙우드의 반이상이 타버렸고, 다크엘프도 반 정도가 죽었다고 하더라. 그때 증오와 복수심으로 꽉 찬 다크엘프들이 피를 흘리면서 죽었지. 그 피를 머금고 태어난 게 이 트릭씨드야. 이것 때문에 인간 외의 종도 사념을 남겨서 트레저를 만들 수 있다는 게 알려졌어.

다크엘프 사이에서는 어떤지 모르겠지만, 인간들 사이에서는 다섯 알의 트릭씨드만 남아 있었어. 그중에 네 알은 이미 사용되고, 하나가 남았어. 그리고……"

비제이가 참담한 목소리로 말했다.

"3년 전에 내가 찾아내서 길드에 등록했어."

"……!"

"허어."

후딘이 소파에 털썩 앉았다.

"그럼 봉인된 덴저 트레저가 두 개씩이나 밖으로 나왔다는 거냐?"

"그래. 한 개일 때야 우연인가 하겠지만, 두 개라면…… 이 거 정말 재앙인데? 진짜로 봉인이 깨진 건가?"

"하지만 루빈의 추측에 따르면 봉인 장소는 드래곤 레어잖아. 도대체 누가 드래곤 레어를 침범한단 말이야?"

"내 말이……."

"왜 아카데미 내에서 이런 일이 벌어지는 거지? 고작해야 힘도 없는 어린 학생들일 뿐인데."

"학생들이니까. 어린애들은 의심이 없어. 이상한 종교도, 미신도 쉽게 받아들이잖아. 게다가 다음 달이면 방학이야. 다들 뿔뿔이 흩어지겠지. 침잠의 장미를 여러 지역으로 전파하기에 딱 좋잖아. 전도사가 따로 필요 없는 거야. 게다가 아카데미는 의외로 폐쇄된 공간이야. 이상한 일이 벌어져도 왕국 측에서 소문이 새어나가는 걸 막지. 왕립 아카데미의 명성은 왕국의 명예와도 관계가 있으니까. 하지만…… 트릭씨드가 아카데미 안으로 들어온 건 이해가 안 돼. 루빈이 있으면 물어보기라도 할 텐데."

설명을 하면서도 서랍을 뒤지던 비제이가 갑자기 움직임을 멈췄다.

"왜 그래?"

후딘이 쳐다봤다.

비제이가 굳은 표정으로 서랍 안에 있던 것을 꺼냈다.

침잠의 장미였다.

『비제이』2권에서 계속

無敵名

무적명

백준 신무협 장편소설
ORIENTAL FANTASYSTORY & ADVENTURE

멸문당한 장백파에 남아 있던 핏빛 글귀
무적명(無敵名) 만리행(萬里行)
무적의 이름은 만리를 간다.

백준 신무협 장편소설
「무적명」

사형과 같은 길을 걷다 보면 그가 오리라!
강호를 종횡하며 사문의 원수 무적명을 부른다!

dream
books
드림북스

『생사신』, 『삼류자객』, 『천마봉』의 작가!
몽월 신무협 장편 소설

『도지산』

명공명무(名工名武)라, 천지악에게 주어진 건
일렁이는 불길이었으되 그 자신으로 한 자루 명도가 되어
강호를 베어낼, 처절한 숙명이었다!

마8m
books:
드림북스

『아독』, 『백발검신』의 작가!

이광섭 판타지 장편소설

전장의 신이 되어라!

『아이더』

천방지축 아이더의 대책 없는 영웅 서사시

새로운 영웅의 탄생을 기다리는 검술인 시대
실전의 꽃, 전장검술을 들고 아이더가 강림했다!

dream
books
드림북스

천하에 협을 관철하고, 하늘에 천리를 묻는다!

진부동 신무협 장편소설

『풍운강호』

마교의 부활, 또다시 불어오는 철풍의 비릿한 내음
난세를 종식시키기 위해 생사여탈의 판관이 되기로 다짐한 남자
협의지심, 이 한 마디만을 가슴에 품고 강호행에 나섰다!

dream ★
books
드림북스